KB195212

사부작사부작 길을 걷다

이건영 & 김영주

하나님의 사람을 만들어 가는 **엘맨**
ELMAN

부부가 쓰고 함께 읽는 에세이와 시의 만남

사부작사부작 길을 걷다

초판 1쇄 | 2025년 2월 25일

지 은 이 | 이건영 김영주
펴 낸 이 | 이규종
펴 낸 곳 | 엘맨
　　　　　　서울시 마포구 토정로222
　　　　　　한국출판콘텐츠센터 422-3
전　　화 | 02-6401-7004
팩　　스 | 02-323-6416
홈페이지 | www.elman.kr
메　　일 | elman1985@hanmail.net
등　　록 | 제2020-000033호

I S B N | 978-89-5515-774-1
정　　가 | 15,000 원

사부작사부작
길을 걷다

이건영 & 김영주

하나님의 사람을
만들어 가는 엘맨
ELMAN

1부

이
건
영
에
세
이

혼자 있어도 홀로가 아닐 수 있습니다.

이영호 피디 이야기입니다. 그는 약관 30대 초반에 kbs 지상파 피디로 잘 나가던, 그러나 교회는 다니지 않는 청년이었습니다. 그런데 아프리카 다큐멘터리를 위한 출장 중, 말라리아로 생명의 위기를 맞이했습니다. 그 때 "만일 하나님께서 살아 계시면, 저를 고쳐 주세요. 그러면 하나님을 위해 헌신하겠습니다!!" 서원을 하였습니다. 그리고 극적으로 주님의 치유하심과 치료를 경험한 후, 아프리카에서 자비량 선교사로 헌신하며 사명을 감당하였습니다.

그리고 약 8년 후 귀국하여 피디요, 동시에 방송문화선교사로 헌신하고 있습니다. "내가 앞서서 일하면 노동자지만, 하나님께서 시키는대로 하면 사명자가 됩니다" 그러나 사명자의 길은 보람은 있으나, 그럼에도 불구하고 피할 수 없는 재정적 고난, 그리고 지난 날 함께 했던 아직 믿지 않는 분들과의 인간관계의 고난이 함께 하는 길입니다. 물론 그런 고난 중에, 혹은 고난 끝에 위로와 회복을 경험하게 되지만, 그 과정은 치열한 영적 전투입니다. 그래서 그 과정을 "십자가의 길"이라 합니다.

그 과정을 거칠 때 더 이상 견디기 힘들면 그 피디님은 늘 두 곳을 찾아간다고 합니다. 왜냐하면 "50대 초반 나이는 혼자 있으면 외롭고, 같이 있으면 괴로움이 계속 반복"되는 시기이기 때문입니다. 첫 번째, 자신이 자랐던 서울의 그 동네를 찾아갑니다. 때론 1-3시간을 추억이 담긴 골목과 건물을 찾아가며 옛 추억에 잠깁니다.

그 때 나쁜 추억을 기억 밖으로 던져버리고, 좋은 추억만 다시 되새김질하면 옅은 미소가 입가에 떠오른다고 합니다. 마음의 적은 평정과, 몸에 작은 힘이 생깁니다. 그 이유는 그런 장소가 자신의 마음에 평안과 힘을 주기도 하지만, 그 곳에서의 조용한 묵상시간은 명상과 달리, 묵상의 "대상"이 있기 때문입니다. 그 대상은 아버지 하나님이십니다.

그리고 둘째, 돌아가신 아버님께서 장사하시던 서울의 그 시장을 찾아갑니다. 그 곳을 돌아보면서 역시 아버님께 많이 얻어맞았던 추억보다는, 적지만 아버님과의 좋았던 추억을 기억하면 자신만이 알 수 있는 마음과 삶의 회복을 경험합니다. 마치 추운 겨울에 안방 따뜻한 아랫목 이불 속으로 들어가는 듯한 포근함과 안정감을 느끼게 됩니다.

또한 현실이 자신을 힘들게 함에도 불구하고 다시 일어날 수 있는 기회를 얻게 됩니다. 그것이 자신의 삶에 너무 좋은 명약이 되어, 그 피디께서 어느 날 중학생 딸과 초등학생 아들을 데리고 고향 그 동네와 그 시장을 같이 갔다고 합니다. 자녀들도 자신과 같은 감성과 회복을 경험했으면 하는 바람으로 말입니다.

결론은 제가 말씀 드리기 전에 이미 다 아실 것입니다. "아빠, 재미없어.. 빨리 집에 가자!!!" 자신과 달리 자녀들은 무표정, 무감각, 무감동이었을 뿐입니다. 그래서 짜증내는 아이들을 남산타워로 데려가 그 녀석들이 좋아하는 돈까스를 사 주면서 달랬다고 합니다. 자녀들의 그런 반응은 어쩌면 당연하지 않을까요?

그 피디님은 "그 곳에 추억이 있기 때문이요, 그의 자녀들은 추억이 없기 때문"일 것입니다. 기억은 그저 기억일 뿐입니다. 그러나 "추억은 좋은 의미와, 회복시키는 힘"이 담겨져 있습니다. 저 어렸을 때 늘 형님 옷을 물려 입었던 것은 그냥 기억입니다. 그러나 가끔 어머님께서 둘째인 저를 위해 일부러 옷을 사 오셔서 입혀 주실 때, 그 감동과 감격은 지금도 좋은 추억이듯이 말입니다.

그런 추억을 되돌려 다시 생각해 보는 것은 지금 힘들게 하루하루를 버티고 있는 자신에게 적지 않은 힘이 됩니다. 특히 내 자신의 "낮아진 자존감"을 조금이라도 높일 수 있는 계기가 됩니다. "그래, 나 아직은 쓸모 있는 사람이야.. 너는 너고, 나는 나야.. 더 이상 그와 비교하지 말자.. 힘내라, 이 녀석아!!" 독자님은 혹 그런 장소, 혹은 시간이 계신지요? 없으시다면 한번 만들어 보면 삶의 좋은 활력소가 될 것입니다.

물론 "비자발적 외로움"은 할 수 있거든 피해야 합니다. 즉 코로나에 걸려 일주일 작은 방에 갇혀서 철저히 자기격리를 했는데, 가족들이 일주일 더 격리하라고 강요한다면 "날 세균 덩어리 취급하는가?"하는 생각에 자괴감이 들 것입니다. 그래도 마음씨 착한 내 친구 녀석은 그렇게 일주일을 더 자기 방에서 자기격리 했다고 합니다. 그러나 그 누구의 강요가 아닌, 내 스스로 하는 "자발적 외로움"은 피차간에 유익할 수 있습니다.

그렇게 혼자 있는 시간이 지독한 외로움을 더 가중 시키는 순간이 되느냐? 그래서 극단적인 생각을 하게 되느냐?, 아니면 혼자 있는 시간이 외로움이 되지 않고 깨달음과 회복, 그리고 재도약의 시간으로 만드냐의 여부는 우리의 "평생에 걸친 의지적 선택이요, 의식적 싸움"입니다. 이 선택과 동시에 싸움에서 승리하는 시간이 많으려면 최소한 두 가지를 잊지 말고 실천해야 합니다.

첫째, 혼자 있어도 혼자가 아님을 확인하는 것입니다. 우리는 어차피 군중 속에 고독을 느끼며 사는 인생인데, 우리는 자주 이런 착각에 빠집니다. 특히 나를 찾는 사람이 없을 때, 나에게 도움을 주는 가족이 없을 때, 내 마음과 몸이 축 쳐지며 우울해질 때, 사람들이 많이 모이는 곳에 가는 것조차 싫을 때, 우리는 이런 외로움이 지나가고 "하루 속히 바빠져서 자신이 필요한 사람이요, 중요한 사람"이라는 것을 확인하기를 원합니다. 그러나 그런 생각은 착각일 뿐입니다.

그러나 지금 외로운 그 순간, 성도에게 절실하게 필요한 것은, 더욱 바빠지는 것이 아닙니다. 도리어 그 외로움으로 인하여 그 누구 보다도 더욱 자신과 함께 깊게 교제하고 대화하는 조용한 시간과 장소를 갖는 것입니다. 그러면 어느 날 그렇게 "비록 내가 혼자 있어도, 혼자가 아님"을 알게 됩니다. 그리고 드디어 "주님과 홀로 서기를 시작하는 자신을 발견"하는 기쁨과 회복이 있을 것입니다

그리고 때가 차매 십자가 뒤에 부활이 있음을 체험하게 될 것입니다. 다만 우리는 "홀로 있음이 지독한 외로움이 되지 않기 위한 평생에 걸친 싸움, 때론 전쟁"을 치려야 합니다. 그 싸움 중, "찬란하게 빛나는 별들을 보기를 원하는 분들은 필히 어두움을 지나, 그 어두움 속에 어느 정도 있어야

합니다. 동시에 의식적으로 눈을 들어 임마누엘 주님과 부활하신 예수님을 보셔야 합니다." 이런 원리는 삶의 선택과목이 아니라, 필수과목입니다. 혹 초조함, 불안, 고통, 좌절의 어두움이 전혀 없는 사람을 찾으려면 아마도 공동묘지 혹은 납골당을 찾아 가야 할 것입니다.

즉 우리는 불안, 불면, 불신, 불통, 불가능 의식 등이 우리들 "뇌에서 감정을 조절하는 편도체에" 지속적으로 전달될 수밖에 없는 삶을 살고 있습니다. 그러므로 삶의 어두운 나날은 어쩌면 당연한 것입니다. 그러나 이제 우리는 "그 어두움 속에서, 더 이상 그 어두움에 '내 등'을 보이지 말아야 합니다. 이제는 그 어두움보다 눈을 들어 별을 보아야" 합니다. 즉 희망을 품어야 합니다. 그리고 내 자신의 희망을 성취되어야 할 이유가 분명해야 합니다. 또한 그 소망 성취 후, 그것을 어떻게 사용하겠다는 결단이 있어야 합니다.

죄송한 표현이지만, 마치 몇일을 굶은 거지가 곁으로 지나가는 사람에게 먹을 것을 강청하듯이, 또는 화려한 도심 한 가운데 있는 "홀로" 쓰레기통에 얼굴을 박고 뒤지는 어느 청년처럼, 그런 간절한 마음으로 홀로 있는 시간과 장소를 가지시면 좋습니다. "자신이 홀로 주님을 모시고 교제하는 시간"은 실패하는 경우가 거의 없습니다.

다만 그런 시간과 장소를 갖지 않고 "그저 너무 바삐 살아가는 것이 실패의 원인일 뿐"입니다. 그러므로 마치 엄마 품 안에서 홀로 안겨 울며불며 때 쓰는 어린아이가 엄마의 말 한마디에 벌떡 일어나 새롭게 걷기 시작하는 "어느 순간"이, 그럼에도 불구하고 예수님과 함께 걸어가는 당신에게 있으시기를 소망합니다.

할 수 없다!! 보다는, 할 수 있다!!

하와이에서 쿠키건강티비가 주관하는 한미 이민사 120주년 다큐를 촬영하는데 진행자로 참석하게 되었습니다. 이민에 관련된 여러 곳을 찾아가며, 많은 분들을 인터뷰할 기회가 있었습니다. 그 때 제일 기억에 남는 한 분이 만났습니다. 그 분은 "아일랜드 빈티지 커피점"을 운영하는 폴강 사장님이십니다. 자체 커피 브랜드를 가지고 하와이 이 곳 저 곳에 카페와 간단한 음식을 제공하는 식당 사업을 하는 한인 사장님이십니다.

그 사장님은 약 30년 전에 이민 오신 분이셨습니다. 그 동안 하는 사업마다 아픔을 당하였기에, 이미 몇 번에 걸쳐 깊은 사망의 골짜기를 경험한 분이셨습니다. 그러던 중 이번에는 카페를 시작해서 잘 되고 있었는데 날벼락, 코로나19가 덮치고 말았습니다. 와이키키 해변 바로 근처에 있는 그의 가게는 직격탄을 맞고 말았습니다. 해변가 거리를 마치 물밀듯 들어오던 수많은 관광객들이 썰물처럼 빠져 나갔습니다.

어느 날 베란다에 나가서 밤 8시 경 거리 풍경을, 허탈한 심정으로 스마트폰으로 촬영하였다고 합니다. 사람 뿐 아니라, 차량도 거의 지나가지 않는 서부의 광활한 광야 같은 하와이의 모습을 말입니다. 그 결과 많은 분들이 실의에 빠져 헤어 나오지 못하는 그 때, 폴강 사장님은 이런 결단을 하셨습니다. "언제 끝날지 모르는 이 절망의 기간을 이대로 보낼 수 없다. 내 자체 커피 브랜드를 더욱 더 완성의 단계로 만들어 보자"

그래서 코로나 초기 기간 동안 커피 원두를 어느 정도로 배합할 것인가, 두 가지 이상의 커피를 혼합하여 맛, 향, 밸런스가 훌륭한 커피를 만드는 일, 그리고 얼마큼 볶아야 손님이 원하는 최상의 커피를 만들 수 있는가를 부단히 연구하기 시작했습니다. 매일 새벽 2-3시 까지 집에 들어가지 않고, 돈을 아끼기 위해 보안이 허술한 작은 공간에서 연구와 실험을 계속하였습니다.

그 사장님은 체격이 건장한 전직 권투선수였는데, 그럼에도 불구하고 예기치 못한 사건, 그리고 한 밤 사고 위험 때문에 불안하고 두려울 때가 많았다고 합니다. 그리고 드디어 완성한 자체 브랜드 커피는 정말 많은 사람들의 사랑을 받게 되었습니다. 제가 방문한 그 날도, 아침 8시30분경인데도 커피를 파는 카페에는 약 15미터의 긴 대기줄이 있었습니다. 그리고 그 카페 옆에 있는 사장님이 경영하는 아침식사를 하는 곳도 거의 빈자리도 볼 수 없었습니다. 드디어 세계 수많은 관광객들과 현지인들의 사랑을 한 몸에 받는 맛집이 된 것입니다.

그렇습니다. "모두 절망할 때, 그 가운데에서 눈을 들어 희망을 보는 사람이 회복"도 먼저 봅니다. 또한 삶의 승리를 선물로 받습니다. 그러므로 더 이상 낙심하지 말고, 이제는 희망을 찾아 떠나기 시작하는 것이 제대로 된 인생 여정이 아닐까요? 혹 독자님들 중에 어느 분께서는 지금, 그리고 그 분야에서 최선을 다했다고 생각하지만 실은 "최선을 다하지 않았을 수" 있습니다. 또한 그렇게 살고 있는 자신에게 생각보다 관대한 분도 계실 것입니다. 마치 자신에게는 너무 관대하여, 마치 골프장에서 사기꾼으로 살아가는 어느 사람처럼 말입니다.

골프장에서 한 사기 골프꾼이 먹이를 찾으려고 어슬렁거리고 있었습니다. 그런데 케디 대신 개를 끌고 골프를 하는 한 시각장애인을 만났습니다. 바로 저 사람이 먹이구나 생각한 사기꾼은 그의 곁으로 가서 이렇게 수작을 걸었습니다. "멋진 샷을 하시네요. 혼자 밋밋하게 운동하지 마시고 저랑 가볍게 내기골프를 한번 하시죠?!" 그러자 그 시각장애인도 금방 승락해 주는 것이 아닙니까?

"그럼, 내일 해 보는 것이 어떤지요?" 제안을 하자, 시각장애인도 고개를 끄덕이며 동의하며 이런 제안을 하였습니다. "혹 시합 시간은 제가 정해도 될까요?" 사기꾼은 그러라고 하자, 시각장애인 이용복 가수처럼 생긴 이 분은 이렇게 대답하였다고 합니다. 그러자 그 사기꾼은 금방 꼬리를 내리며 물러갔다고 합니다. "그럼, 우리 내일 밤 12시에 께임을 시작합시다!!" 그런데 그 다음 날 밤에 달이, 보름달이 아니라, 그믐달 이었다는 소문도 있습니다.. 그렇습니다. "최선"을 다하지 않는 삶은, "최악"이 될 가능성이 많습니다.

지난 날, 제 찬양을 녹음을 해 준 분은 70, 80세대 분이라면 거의 다 아시는 시각장애인 가수, 이용복님이셨습니다. 녹음을 하다 보면 피차 휴식이 필요하여 잠시 쉬는 시간을 갖습니다. 그 이용복 가수께서 이런 이야기를 저에게 전해 주셨습니다. "제가 지금 배우고 있는 운동은 골프입니다. 그 이유는 일본사람들 중에 자신과 같은 처지에 있는 분이 골프에 도전하였는데 결국 성공하였다는 말을 들었다는 것입니다. 그래서 도전하였고, 지금은 그래도 꽤 잘 치고 있답니다..”

그 분의 표정과 말투에서 자신감과 기쁨, 그리고 삶의 보람을 느낄 수 있었습니다. 자존감이 회복된 사람과, 아직 낮은 자존감 속에서 헤어나지 못하는 사람과의 차이점은 분명합니다. 그것은, “상황과 조건”이 그럼에도 불구하고 포기하지 않고 다시 도전하는 삶이냐, 쉽게 포기하고 낙심하며 환경과 남을 원망하는 삶이냐의 차이점입니다. 독자님은 지금 어느 편에 속하십니까? 혹 저에게 내 처지가 되지 않고는 그런 말씀하지 말라고 하고 싶습니까?

아닙니다. 저는 60대 후반까지 농구하는 것을 참 좋아했습니다. 청년 혹은 중년들과 함께 농구를 할 때 거의 죽을 힘을 다해 그들과 운동을 하였습니다. 그런데 격한 농구를 노동이라 생각하지 않고, 즐겁게 했습니다. 당연히 제가 속한 팀이 질 때가 많았습니다. 그러나 크게 지거나, 아니면 아슬아슬 하게 패배 했거나 상관없이, “제가 최선을 다한 시합”은 후회가 없었습니다. 아쉬움도 없었습니다. 그 날 잠도 숙면할 수 있었습니다. “졌잘싸”였기 때문입니다. “최선을 다했으면, 후회도 적습니다”

또한 사람들은 사랑해야 할 대상이지, 결코 의지해야 할 대상은 아닙니다. 그래서 요즘 “3대 정신 나간 여자”가 있다고 합니다. 며느리를 딸로 착각하여 자신의 비밀까지 이야기하는 여자입니다. 사위를 아들로 착각하는 여자입니다. 또는 며느리의 남편을 아직도 자기 아들로 착각하는 여자라고 합니다. 요즘 “남편 씨리즈”를 아시는지요? 남편은 집에 두면 근심덩어리요, 데리고 나가면 짐 덩어리에 불과하다고 합니다.

심지어 가족도 그런 관계가 되어 가는데, 이제는 그 누구를 의지하기 보다는 먼저, 우선, 내가 스스로 일어나야 합니다. 그리고 이제는 전과 달리 최고는 못 되도, 최선을 다해야 합니다. 입에서 단내가 나올 때 까지, 머리에 쥐가 날 정도까지 최고는 못 되도 최선을 다해야 합니다. "결과만큼 중요한 것은 과정.. 과정이기 때문"입니다. 또한 "편안함을 거절하면", 때가 차매 "평안함"이 올 것이기 때문입니다.

코로나로 다 망해갈 때, 도리어 새벽까지 새로운 커피 브랜드를 계발하는 폴강 사장님처럼, 시각장애인 이용복 가수께서 골프를 배우며 싱글에 도전하듯이, 도전하는 인생은 아름답습니다. "절망의 우물에서 희망의 물을 끌어올리기 위해" 두레박줄을 내리듯이, 이제라도 "그 누구보다도" 내가 바꾸면 됩니다. 늦었다 할 그 때가 최선의 기회입니다.

"상처는 남이 주는 것 보다, 내가 만든 상처"는 더 아프고, 더 나를 후빌 것입니다. 지금 독자님께서 자기 스스로 만든 상처는 무엇입니까? "자기가, 자신을 불구"로 만들고 있는 그것이 무엇입니까? 혹 그래서 그나마 조금 있었던 자신감, 자존감 까지 상실하고 있습니까? 혹 "남과 비교하다가" 스스로 만든 상처로 너무 아파하고 있습니까? 이제 더 이상 인생 후진 기어만 잡지 말고 자신의 삶의 기어를 전진기어에 놓으세요.

즉 "할 수 있다!! 하면 된다!! 해 보자!!" 라는 기어를 잡으세요. 분명 "할 수 없다!! 해도 안된다!! 해 볼 필요 없다!!"보다는 좋은 결과가 있을 것입니다. 마치 리우올림픽 펜싱 부분에서 기적적으로 금메달을 땄던 박상영 선수처럼 말입니다. 경기가 상대방으로 거의 기울어진 그 때, 박선수는 마치 "고백처럼, 기도처럼" 거듭 되뇌며 절박한 심정으로 "할 수 있다!!"를 반복했습니다. 박선수는 마땅히 훈련할 곳이 없어 집 옥상에 간이 피스트를 만들어 놓고 남몰래 눈물과 땀을 흘렸습니다.

 또한 천막 가게에서 가림막을 사와서 피스트 위에 직접 설치하여 훈련하였습니다. 펜싱은 혼자 할 수 있는 운동이 아니기에 선, 후배들에게 연습상대가 되어 달라는 것은 너무 미안하고 힘든 일이었습니다. 그러나 자신만의 그런 "발버둥"의 흔적은, "할 수 있다"로 이어지고 값진 금메달을 수확할수 있었습니다. 물론 그럼에도 불구하고 "내가 하고 있는 최선을 기준으로, 남의 최선을 평하는 것"은 옳지 않습니다. 그것은 부당하며 언어 폭력일 수 있습니다.

 그 이유는 그 분의 삶이 내가 보기에는 차선이지만, "그 분의 처지에서는" 그것이 최선을 다하고 있는 것일 수 있기 때문입니다. 그러므로 "최선 여부의 평가는 나에게만" 해당되어야 합니다. 독자님! 할 수 있습니다!! 지금 시작하세요!! 한번 제대로 최선을 다하세요!! "만일 독자님이 기독교인이거든 하나님"과 함께 말입니다. 아니, 하나님을 앞세우거나, 또는 그 하나님 뒤에서 말입니다.

팔자 타령하기에는 삶이 너무 짧습니다.

이 시간 이렇게 자신에게 질문해 보세요. "이 세상이 복잡한 것이냐? 아니면, 내 머리가 더 복잡한 것이냐?" 아마도 내 머리가 더 복잡한 분들이 더 많을 듯합니다. 즉 이게 다 내 팔자요, 운명이라고 생각하는 내 머리, 그로 인해 그 사람들과 자신을 비교하여 상대적 박탈감 속에 사로 잡혀 부정적이고 염세적인 "잡생각으로 가득 찬" 내 머리가 아닙니까? 그래서 그런 내 머리를 좀 단순하게 정리하고 싶은데 지금 한국사회를 "개천에서 용이 나올 수 없는 사회"라 정의하고 있음에 실망이 큽니다.

그래서 이제는 물론 예외는 있으나, 계층상승 혹은 계층이동이 거의 불가능한 시대라고 단정합니다. 그 주된 이유는 사교육이 공교육을 앞서가며, 돈이 없으면 꿈도 꾸지 말아야 하기 때문이라고 합니다. 그래서 우리 입에서 주문처럼 자주 나오는 말, "이게 내 팔자야, 팔자!!" 그러나 "운명적으로 정해진 팔자는 없습니다. 팔자에 대한 집착이 팔자를 만들 수 있습니다" 즉 팔자가 당신의 운명을 결정 짓는 것이 아닙니다. "내 팔자가 내가 이렇게 살 수 밖에 없다는데 뭐.."라는 자신의 잘못된 고정관념이 자신의 운명을 결정하는 것입니다. 즉 "나는 수학을 참으로 못해!"라는 생각에 집착하게 되면, 그것이 자기 최면이 되어 결국 수학 뿐 아니라 심지어 공부까지 못하게 되는 팔자가 되고 맙니다. 분명한 것은 수학을 못할 뿐이지, 다른 공부 및 인생을 실패한 것은 아닌데 말입니다. 이제 그런 팔자타령보다 자신에게만 있는 다른 재능 또는 "가능성"을 발견하고 계발하는데 전념하면 자신의 삶은 지금보다 더 좋아질 것인데 말입니다. "나는 도전하는 시험마다 떨어지게 된 팔자인 모양이야.."라는 생각에 집착하게 되면 결국 그런 자아가 자신을 그렇게 만들어 그것이 팔자가 될 수밖에 없을 것입니다. 그러나 자신을 바라보는 "자아상이 변화되면 자기 팔자도 바뀌게 될 것"입니다. 그런 자아상의 확인 및 변화는 본인이 할 수도 있지만, 동시에 주위 가족 혹은 친구의 조언 혹은 도움을 통해 이루어 질 수도 있습니다. 그렇게 그 누구를 통해서, 아니면 내 자신이든지 내 인생을 좀 단순하게 정리하면 내 인생이 더 "선명"해질 수 있다는 믿음을 가져야 할 시대입니다.

즉 이렇게 된 것이 내 팔자인 것 같아서 "하필이면 수많은 사람들 중에 나인가?" 푸념하고 싶을 때, 내 머리에 이런 생각을 해 보는 것이 유익하지 않을까요? "그런데 왜, 나는 아니어야 한단 말인가?!" 다시 말씀드리면 왜 하필이면 이 수많은 사람들 중에 나란 말인가, 생각하면 그렇게 된 "이유"를 끄집어내느라 내 머리가 참으로 복잡해집니다. 그 결과 자신의 건강과 삶에도 결코 유익을 주지 않을 것입니다.

그런데 만일 "그래, 그런데 다른 사람들은 그래도 되고, 왜 나는 아니어야 한단 말인가?" 생각해 보면 자신에게 다가온 팔자와 같은 그 아픔, 외로움, 고통, 실패, 방황 등을 "대처할 방법을 찾고, 해결을 향한 도전"을 시작할 것입니다. 즉 "원인 파악"보다는 대처방법을 찾아 발견하고 그것을 붙잡고 새롭게 인생의 노력을 시작할 것입니다.

분명한 것은 우리들의 과거 인생에 내 팔자와 같은 그 고통이 없었다면 이

만큼의 성장도 없었을 것입니다. 그러므로 내 인생에 다가 왔던 그 고난은 결국 "위장된 축복"일 수 있습니다. 그 고난 때문에 내 인생을 더 이상 "야생마"처럼 제 멋대로 살지 않을 수 있었습니다. 반대로 그 아픔 때문에 지금까지 생명이 없는 "회전목마"처럼 살았던 삶에 새롭게 생기를 얻을 수 있었습니다. 그래서 고난과 시련을 통해 내 자신이 점점 "조련마"로 살게 되어 자신 뿐 아니라, 다른 분들에게도 유익을 줄 수 있는 삶의 전환이 있었던 것입니다.

또한 지금도 "내 팔자로 치부할 내 삶의 그 거침돌"을 통해서 우리는 자신을 제대로 볼 수 있는 기회를 얻게 됩니다. 그리고 그때사 "내 인생은 내가 알아서 산다!!" "믿을 것은 내 주먹 밖에 없어!! 난 누구의 도움은 필요 없어!!" 하던 "외로운 늑대"와 같이 살던 내가, 그 누구, 그 무엇 또는 하나님의 도움도 인정하고 받아드리며 살다가, 드디어 그 누구를 도우면서 사는 선한 영향력이 있는 인생을 살게 될 것입니다. 이는 마치 "양과 목동 관계"와 같습니다.

양의 특징은 실수로 넘어져 다리가 하늘로 향하든지, 네 발이 땅에서 떨어져 엎어지면 자력으로 일어날 수 없습니다. 그 때 주변에 아무런 위험요소가 없더라도 자신의 네 다리를 들고 하늘을 향해 허우적거리면 되새김질하는 "위에 가스가 차서" 고무풍선만큼 커집니다. 그 결과 모든 혈관이 막혀 몇 시간 지나지 않았는데도 결국 죽고 맙니다.

그런데 만일 양이 들개와 이리들이 있는 광야에서 그렇게 된다면 예외 없이 잡혀 비참하게 죽고 말 것입니다. 그래서 지금도 큰 양떼목장에는 그렇게 넘어져 있는 양들을 찾아다니며 일으켜 세워 주는 일을 하는 목동이 있습니다. 그렇습니다. 지금도 이것이 내 팔자야, 내 운명이야, 내 숙명이지..라며 인생살이 죽음의 그림자를 눈앞에 둔 "그 양 같은 우리들"에게 찾아 오는 분이 있습니다. 도움을 주기 위해, 자신의 손을 내밀어 나를 일으켜 주시는 목동 같은 분이 계십니다.

독자님이 기독교인이라면 그 분이 하나님이십니다. 또한 하나님의 말씀인 성경일 수 있습니다. 혹 종교인이 아니라면, 우연히 만나 지금 읽기 시작한 그 책일 수 있습니다. 혹은 번민 때문에 도저히 잠이 오지 않아 스마트폰을 뒤적거리다가 평소 같으면 보지도 않을 어느 세미나 내용일 수 있습니다. 또는 전혀 예상치 않았는데 어느 날, 좋은 사람을 만나게 되어 그 분이 이야기해 준 내용 속에 인생의 답을 찾을 수 있을 것입니다.

그리고 드디어 "상처 입은 치유자"로서의 삶을 새롭게 살게 될 것입니다. 그래서 교도소 재소자들에게 새로운 희망과 도전을 주는 말씀을 잘 전하는 분은 전과가 전혀 없는 강사가 아닙니다. 도리어 전과 몇 범이었지만, 고난 속에 그 목동 같은 그 어느 신, 또는 그 누구, 혹은 그 무엇을 만난 후, 자신의 삶을 갱신하여 새롭게 된 강사가 더 큰 영향력을 줄 수 있습니다.

즉 "그래, 여러분, 나도 그랬답니다. 저를 보면서 희망을 가지세요!!" 말 할 수 있는 삶은 상처 입은 치유자의 반열에 들어간 것과 같습니다. 그렇습니다. 상처 있었던 분이, 상처 있는 분의 마음을 치유하고, 육신의 삶을 새롭게 할 수 있습니다. 물론 그렇다고 일부러 전과를 기록하라는 것은 아닙니다. 다만 내 삶의 상처를 잘 선용하면 나 뿐 아니라, 결국 너와 우리의 치료제가 될 수 있다는 것입니다. 단, 내가 더 이상 내 지금 처지를 "팔자"라 하지 않고, 지금 그 고난 중, "좋은 목동"을 만나, "조련마"가 된다면 전화위복의 삶을 "나누며" 살 수 있습니다.

그렇습니다. 사해는 요단강에서 계속하여 물을 공급 받지만, 아직도 고기가 살 수 없습니다. 마찬가지로 성경 뿐 아니라 여기저기서 자신의 "팔자를 고칠" 좋은 말씀과 계기를 얻을 수 있는데, 그것을 거부하고 여전히 사해처럼 생명력이 없는 삶을 살아가기에는 인생이 너무 짧습니다. 너무 아깝습니다.

이제라도 "팔자타령"을 그만하고, "자신을, 자신이" 변화시키기 위해 작은 몸부림을 쳐야 할 것입니다. 그래서 어느 날 부터 사해 같았던 내 마음과 삶에 작은 물고기들이 헤엄치기 시작하고, 그 후 나 자신의 회복과 경험을 "내 가족" 또는 다른 사람에게 전해 줄 수 있는 생명력 있는 삶을 사기기를 소망합니다.

"가정문제는 가족끼리
해결해야 되는 것 아닙니까?"

여고시절의 추억 이야기는 언제나 흥미롭고 목소리를 들뜨게 합니다. 어느 날 한 권사님께서 저에게 그냥 기억이 아니라, 자신의 이런 추억을 이야기 하셨습니다. 고등학교 때 그 분의 친구가 공부를 꽤 못하였다고 합니다. 그 때는 50-60여명이 한 반에서 공부하던 소위 "콩나물 교실" 시절이었습니다. 또한 그 시절에는 성적이 뒤에서 10명은, 아버님 혹은 어머님을 모시고 학교에서 담임선생님과 면담을 하던 시절이었습니다.

공부를 못하던 권사님 그 친구가 드디어 자신의 성적 때문에 어머님을 학교로 모시고 와야 할 처지가 되었습니다. 그러나 차마 자신의 성적을 어머님께 말씀 드릴 수 없었던 친구는 어쩔 줄 몰라 하다가 친구에게 이런 부탁을 하였습니다. "친구야, 난 엄마를 만날 용기가 없어. 무서워.. 그러니 니가 내 대신 엄마에게 내 사정을 이야기해 주렴.."

사랑하는 친구인데, 당연한 일이라 여긴 친구는 공부 못한 친구를 위해 대신 그의 어머님을 만났습니다. 그리고 조심스럽게 따님의 성적 때문에 학교에 가서서 담임선생님을 만나셔야 할 것을 말씀드렸습니다. 그러자 그 날 저녁 그 어머님은 자신의 딸을 불러 만났습니다. 당연히 엄마에게 엄한 책망과 욕 맞을 것을 예상했던 그 딸은, 예상치 못한 엄마의 반응을 보게 되었습니다.

"딸아. 친구를 통해 네 성적 이야기를 다 들었어. 딸아, 엄마가 미안해.. 엄마가 양장점을 하기 때문에 너와 함께 지내며, 너의 학업을 지도해 줄 시간이 없었잖아. 네 성적은 니 잘못이 아니야. 엄마 잘못이야. 힘내라!!" 하시며 딸을 껴안아 주셨습니다. 그의 어머니는 "자신의 기분이, 자신의 태도가 되지 않는 멋진 엄마"였습니다.

그런 엄마의 이해와 용서, 그리고 사랑을 듬뿍 경험한 그 딸은 그 때 부터 공부하는 태도가 확 바뀌게 되었습니다. 그리고 많은 시간이 지난 후, 우리나라 최고의 여자대학교에서 교수로 섬기는 극적인 인생을 살게 되었습니다. 즉 꼴찌가, 최고가 된 것입니다. 그런 극적반전에는 여러 요인이 있었겠지만 "엄마의 딸에 대한 자기 기분이, 자기 태도가 되지 않은 결과"임을 부인할 수 없을 것입니다.

보통사람들은 자신이 분노하게 된 원인이 자신이 아니라 "타인에게 있다"고 단정합니다. 그 결과, 신문 방송을 통해 끔찍하고 무서운 가정 혹은 사회의 사건 사고가 보도되는 아픔이 거의 매일 계속되고 있습니다. 그러나 이 학생의 엄마는 "혹" 분노할 수밖에 없는 이유가 있다면, 딸이 아니라 자신에게 있음을 인정하였습니다. 그렇습니다. 인생의 참된 지혜는 그 누구보다도 "내가 먼저, 나를 내 밖에서 제대로 보고 판단하는 것"입니다. 특히 가정에서 말입니다.

어느 교회에서 바자회를 할 예정이니, 집에서 별로 쓰지 않는 것을 가져오라고 광고하였습니다. 그랬더니 그 다음 주일날 많은 남자들이 아내들에 이끌려 예배에 참석했다는 전설 따라 삼천리 같은 이야기가 있습니다. 남편은 집에 있으면 근심덩어리요, 밖에 데리고 나가면 짐덩어리 라는 것입니다. 글쎄요?!

어느 집 아들 녀석이 너무 말을 안 듣고 말썽을 부려서, 아버지가 불러서 같이 하나님께 기도하자고 했답니다. 그러자 그 아들 녀석이 하는 말, "아빠, 가정 문제는 하나님보다 우리끼리 해결하는 것이 좋지 않겠어요?!!" 그렇습니다. 그러면 가족끼리 가족문제를 해결하는 비법은 무엇이겠습니까? 그것은 먼저 "자기 점검이라는 검문소를 통과"하는 것이 좋습니다.

1970년대 초, 군인이었던 제가 의정부 쪽으로 외출, 혹은 외박을 나오려면 반드시 검문소를 통과해야 했습니다. 그 때 "염라대왕의 친위대원" 같은 헌병이 버스에 올라와 군인들만 검문하였습니다. 쫄았습니다. 그래서 저는 버스가 검문소에 가까이 다가서면 그 누가 시키지 않았지만 자동적으로 "먼저" 저의 모자, 군복, 군화를 점검하며, 외박증을 미리 준비하였습니다.

그런 행동은 유비무환의 마음에서 시작되었습니다. 그리고 잠시라도 무사통과를 기도했습니다. 그 순간 저는 결코, 같이 탑승한 다른 군인들의 복장을 먼저 보지 않았습니다. 마찬가지입니다. 우리 가정의 큰 문제가 작은 문제로, 작은 문제는 없었던 것처럼 지나가기 위해서는 늘 먼저 자기 점검의 검문소를 통과하면 좋습니다.

제가 미리 외박증을 준비하듯이, 먼저 하면 좋을 것은, 첫째, "내 자신에게도 이 문제의 책임이 있음을 인정하는 태도를 취하는 것"입니다. 즉 책임전가 가 아니라, "책임공유의 언행"이 필수입니다. 마치 헌병이 있는 검문소

앞에서 내가 먼저 삐뚤어지게 쓴 군인 모자를 바로 쓴 후, 외박증을 준비하듯이 말입니다. 그러나 이제라도 가정에서 "그래.. 나도 책임이 있다!! 그런데 너는 더 큰 책임이 있음을 알아야 할 거야!!!"라는 마음은 멀리 던져 버려야 합니다.

도리어 "엄마는 이미 나에게 책임이 있다는 것을 인정하고 있었어.. 그러니 너무 괴로워하거나 자책하지 말어.. 이제 우리 같이 해결해 보자.."라던 그 공부 못하던 친구의 어머니처럼 변하면 좋습니다. 둘째, "너무 급히 분노의 말, 혹은 때리는 행동을 취하지 않는 것"이 좋습니다. 두꺼운 외투를 벗게 하는 것은 칼바람이 아니라, 따뜻한 봄볕임을 알고, 그 앎을 행동으로 옮기는 지혜가 필요합니다.

혹 그래도 나는 폭언, 폭행을 한 후, 위로의 말과 격려의 시간을 가졌다고 안심하지 마세요. 자녀들은, 혹은 아내 또는 남편은 "폭언, 폭행을 당한 것만 평생 기억하지, 위로해 준 말과 시간은 거의 기억하지 못하기 때문"입니다. 물론 감성 있는 인간에게 분노의 감정 자체는 잘못된 것이 아닙니다.

그러나 분노가 위험한 것은 내가 분노를 "어떤 방식"으로 표현하느냐에 달려 있습니다. 즉 가족을 향한 절제 없는 폭언과 폭행은 결국 "지속적인 분노 습관"으로 자리를 잡을 확률이 너무 많기 때문입니다. 그러므로 분노함을 감당하기 힘든 상태가 되면 "한 호흡 정도 묵상"하는 것이 좋습니다. 그 이유는 사람의 감정은 약 10초 내외에 따라 조정될 수 있기 때문입니다.

또 하나 좋은 팁은 분노가 언행으로 표출되기 전, 꼭 이런 생각을 해 보는 것입니다. "이 녀석이 옆집 자녀라면 내가 이대로 폭언, 폭행할 것인가?"

또는 "이 아내(남편)가 회사 직원의 아내(남편)라면 내가..?!" 즉 감정의 댐이 터지기 전에, 먼저 댐의 수문을 한, 두 개 정도 여는 마음으로 실천해 보시면 분명 좋은 효과가 있을 것입니다. 이런 습관들이 선택이 아니요, 필수인 까닭은 "쌓인 감정이 강할수록, 폭발도 강할 수밖에 없기 때문"입니다. 그리고 그렇게 몇 번 폭발하면 결국 피차 회복이 어려운 지경으로 들어가고 말 것입니다.

셋째, "피차의 다름을 잘못되었다 판단하지 말고, 그저 다름으로 인정하는 여유"를 가져야 합니다. 서로의 지문과 얼굴이 다 다르듯이, 서로의 성장과정과 주위 환경으로 인해 부부 및 부자지간에 많은 면이 다를 수밖에 없습니다. 또한 지금은 세대공감하기에는 세대차이가 너무나 다른 시대입니다. 한번 퀴즈를 내 보겠습니다. "저메추"가 무슨 뜻입니까? 잘 모르시겠죠? "저녁 메뉴 추천"하라는 것입니다. "주불"이 무슨 뜻일까요? 도저히 모르시겠죠? 우리 자녀가 친구에게 "주소 불러!!"할 때 쓰는 줄임말입니다.

이렇듯 같은 한국말이지만, 세대 간 차이는 극명합니다. 그러므로 부부, 혹은 부자지간의 마음과 말, 그리고 목표가 온전히 하나 됨을 기대하는 것은 한낱 꿈일 수 있습니다. 꿈은 이루어진다고 하는데, 실제로 이루어지지 않는 꿈도 있습니다. 도리어 이제는 서로의 다름을 인정하고, "다름에 대하여 관심을 표하는 것"이 더 좋은 관계를 얻는 비결이 될 것입니다.

그래서 아내가 눈물을 흘리면서 보는 드라마에 나도 관심을 갖는 것입니다. 남편의 스포츠 중계 혹은 스포츠 하이라이트 시청에 나도 관심을 보이는 증표로 한번쯤 간식이라도 가져 다 주며 잠시 같이 보는 것입니다. 아파트 근처를 산책하자고 할 때, 싫어도 두 번에 한 번은 같이 가는 것입니다.

또한 자녀들의 이해할 수 없는 행동에 이제는 관심과 이해를 보이는 것입니다.

왜냐하면 때론 "차선이라고 생각한 것이, 최선이 될 수 있는 것"이 가정사이기 때문입니다. 마지막으로 넷째, "가정에서의 가족 간의 웃음은 마치 체내에서의 조깅 또는 종합비타민"과 같습니다. 그래서 웃음 전문가는 이런 연구 결과를 발표하기 까지 했습니다. "우리가 약 20초만 웃어도 노 짓는 운동기구에서 약 3분간 운동하는 것과 같은 효과를 볼 수 있다" 가족 간의 웃음은 이같이 체내에서의 조깅과 종합비타민이 되어 가족들의 마음과 몸을 건강하고 유쾌하게 만듭니다.

레슬리 깁슨(Leslie Gibson)의 글을 소개합니다. "웃음은 돈이 들어가지 않습니다. 그러나 많은 것을 줍니다. 걱정하는 사람에게 힘을 주고, 낙담한 사람을 유쾌하게 하며, 슬픈 자에게 빛을 주며, 모든 문제에 대하여 자연이 선사하는 가장 좋은 해독제가 되어 줍니다." 그러나 "웃음과 미소는 의식적인 선택"입니다. 그러므로 내가 먼저 선택하면 좋습니다. 그리고 내가 먼저 실행하는 것입니다.

제가 알고 있는 젊은 부부와 두 자녀는 저녁식사 전, 또는 후에 가족이 다 같이 모인다고 합니다. 그리고 자신들이 준비한 오늘의 유모어를 서로 발표한다고 합니다. 웃음이 만발할 때도 있지만, 썰렁하여 서로 멍 때릴 때도 있다고 합니다. 그러나 그 모임을 통해 하루의 삶 속에 마음 혹은 몸이 상한 가족이 생각보다 많이 치유되는 것을 본다고 합니다. 혹 오늘 어떤 선택을 하시겠습니까? 이 네 가지 가족 치유 방법 중에 말입니다. 순간의 선택이 십 년을 좌우할 것입니다.

내가 먼저 그런 친구가 되면 좋습니다.

참 오래 사귄 제 친구 이야기입니다. 그 친구는 항상 많은 사람들을 만났고, 만나는 그들과 다양한 교제 및 사역을 하던 친구였습니다. 하루가 25시간이라면 더 좋겠다는 아주 바쁜 친구요, 주위에 사람들이 참 많은 친구였습니다. 그런데 사정상 조기 은퇴하게 되었습니다. 그 후 그 친구가 제게 한 이야기입니다.

"건영아, 내가 현역 때 한참 바쁠 때는 핸드폰을 두 개로 사람들과 통화했어. 그런데 어느 날 부터 한 개의 핸드폰으로 통화를 하게 되더니, 은퇴하니까 하루에 한 통화도 올까 말까야.. 아니, 한 통화도 통화하지 못할 때가 더 많지.. 돌이켜 보면 나에게 진짜 친구들은 거의 없었던 것 같애. 허~ 허"

물론 은퇴하게 되면 "그 친구 뿐 아니라" 대부분의 은퇴자들도 예상과 달리 전화 통화해 주는 사람이 극히 없음이 당연한 현실입니다. 물론 현대를 살아가는 우리들에게 SNS에서 자기 친구가 몇 백, 혹은 몇 천 명 인 것은 분명 자랑거리일 수 있습니다. 특히 "나보다 남을 더 의식하는" 체면문화가 주류인 한국사회에서는 그런 친구의 많음이 더욱 내세울 자랑거리일 수 있습니다.

그러나 제 친구 이야기를 통해 한 가지 깨달으면 좋을 것은 "친구는 양이 아니라, 질이라는 것"입니다. 다시 말씀드리면 친구가 많지만 상황에 따라 쉽게 떠날 친구들보다, 적지만 그럼에도 불구하고 끝까지 같이 있을 친구 몇 명이면 이 세상 "넉넉히, 또한 잘" 살아갈 수 있습니다. 동시에 우리는 친구들이 많고 적음보다도 "우선적으로 중요한 것"이 있음을 잊지 않았으면 합니다.

그것은 자기 자신을 "있는 그대로 수용"하는 것과, "자신이 자기를 품어줌"이 우선되어야 합니다. 자기 수용, 그리고 자기 품어줌.. 그것이 친구의 숫자의 많고 적음과 상관없이 잘 살아갈 수 있는 비결이기 때문입니다. 그 이유는 주위 친구들을 통하여 나의 "인정 욕구가 채워지는 것"은 분명 한계가 있기 때문입니다.

즉 친구를 통해 나의 인정 욕구가 채워지는 것 보다, "내가 나를 있는 그대로 수용하고 품어주는 것"이 중요한 현실이기 때문입니다. 우리 가운데 혹 어려서 부터 부모님에게 매사에 거절만 당한 분이 계십니까? 또한 부모의 무리한 요구를 기꺼이 실천했지만 칭찬과 격려를 거의 받지 못하며 더 잘해야 한다는 말만 듣고 자란 분이 계십니까?

그래서 지금, "자신도 모르게" 인정욕구가 강한 분이 계십니까? 또는 성장하면서 친구들에게 왕따를 반복적으로 당하며 마음과 생활에 상처가 많은 분이 계십니까? 그 외의 과거 혹은 현재의 어떤 원인들로 인하여 다른 사람에게 "인정을 받고 싶은 욕구"가 다른 사람보다 더 많다는 것을 스스로 느끼는 분이 계십니까? 그런데 그런 인정 욕구가 너무 강한 것은 자신에게 결코 유익하지 않습니다.

저는 농구를 참 좋아했습니다. 그래서 정기적으로 농구시합을 했습니다. 그런데 후배들 중, 인정 욕구가 강한 녀석이 있었습니다. 배구와 달리 몸싸움이 치열한 농구를 하게 되면 경기 중, 넘어지는 것이 다반사입니다. 그런데 그 후배 녀석은 어느 상황이든 "너무 큰 비명소리와 함께" 오버액션으로 넘어져 오래 일어나지 않았습니다. 처음에는 동료들과 제가 다가가서 상태를 물어보며 큰 부상이 아니기를 함께 기대하며 격려했습니다.

그러나 얼마 후, 저 외에는 그 녀석이 넘어져도 다가가는 팀원이 거의 없었습니다. 그저 멀리서 그가 일어날 때 까지 바라볼 뿐이었습니다. 물론 저도 나중에는 형식적으로 다가가서 말없이 쳐다만 보았습니다. 그 이유는 그 후배가 실제로 심히 아프고 고통스러워 그런 비명소리와 함께 넘어져 오래 있는 것이 아니라는 것을 알기 때문입니다. 다만 인정 욕구, 즉 넘어진 자기 주위에 많은 사람들이 몰려와 염려하고 격려하는 것을 원하며, 때론 "즐기는 것"을 알았기 때문입니다.

즉 그에게는 자신을 향한 주위사람들의 관심을 추구하는 정도가 아니라, "관심 욕구"가 지나쳤기 때문입니다. 때론 "관심과 인정에 집착"이였기 때문입니다. 이런 사람은 잠시 곁에 사람이 많은 것 같으나, 결국에는 거의 사라지게 됩니다. 그 결과 더욱 외로워질 수밖에 없습니다. 그러므로 "그 후배 뿐 아니라", 우리에게도 지금 필요한 것은 타인에게 인정을 받으며 주위에 친구들이 많은 것보다, "자기 수용 및 자기 품어줌"이 우선입니다. 그래서 "자기와 잘 사귀고, 자기와 잘 노는 것"이 중요합니다.

특히 나이가 들수록 이것은 더욱 중요한 삶의 요소가 될 것입니다. 그런데 이런 자기 수용 혹은 품어줌은 자신의 선천적 재능이나, 능력으로 되는 것이 아닙니다. 즉 재능, 능력이 아니라, "자기 결단"이 필요한 부분입니다. 무슨 결단일까요? 이제는 자기를 있는 그대로 수용하고 품어주는 것이 "어색하지 않는 결단"입니다. 도리어 이제는 자기를 품어주는 것이 점점 익숙해지고, 때론 설레이는 시간이 되는 결단과 용기가 필요합니다.

결단을 내어 그런 용기를 갖게 되면 친구들과의 "많은 관계 및 친구들의 강한 인정"보다, 자기와의 관계를 더 중요하게 여기게 됩니다. 물론 이 말은 "오직 자기만 아는" 잘못된 인간이 되라는 것은 결코 아닙니다. 즉 자기가 싫으면 몇 년 만에 오시는 시어머님도 남편을 통해 자기 집에 들어오지 못하도록 강권하는 못된 인간이 되라는 것이 아닙니다. 그런 자아는 자기 수용이 아니라, "자기 집착"일 뿐입니다.

그런데 자기에게 친절해지면 주위에 친구들이 많이 없어도, 심지어 자기 혼자 있는 것에 대한 "두려움"도 점점 사라지게 될 것입니다. 즉 지금까지의 "가짜 자기"는 점점 사라지고, 진짜 자기와 친해지는 것을 느끼게 됩니다. 드디어 자기를 제대로 보는 "건강한 거울"이 자신 안에 생기게 됩니다. 그러면 그 때 부터 더 이상 나는 "친구가 너무 없다고, 절규하지 않게 됩니다" 도리어 친구가 적어도 내가 "나에 대한 친절 때문에" 현실의 그 문제 또는 그 상황을 이겨낼 수 있습니다.

그 때 부터 친구들을 통한 내 자신의 만족 충족보다는, 도리어 남에게 나의 행복을 말하는 전달자가 되는 기쁨을 누릴 것입니다. "만족"은 친구 혹은 그 사람이 나를 사랑해 줄 때 느끼는 감정입니다. 그러나 "행복"은 내가 나를 필요로 하는 사람 곁에 있을 때 느끼는 감정이기 때문입니다. 이는 마치 옹달샘이 넘쳐서 흘러내리는 그 물을 사슴 혹은 노루가 행복하게 마시는 모습과 같습니다. 드디어 복의 근원이요, 선한 영향력이 있는 자아가 만들어진 것입니다.

그러면 진정한 친구는 누구일까요? 그런 친구가 몇 명이면 좋을까요? 유대인의 지혜의 보고인 탈무드에 보면 우리에게 세 종류의 친구가 있다고 전합니다. 첫째, 병과 같은 친구입니다. 할 수 있거든 피하면 좋을 친구입니다. 둘째, 약과 같은 친구입니다. 가끔 필요할 때 만나면 좋은 친구입니다. 셋째, 떡(밥)과 같은 친구입니다. 그가 내 곁에 있든, 내 마음 속에 있든 자신의 삶 속에서 없어서는 안 될 친구입니다.

그런 친구의 특징은 무엇일까요? 먼저, 서로 만난지 오래되었다는 특징이 있습니다. 골동품과 포도주, 그리고 친구는 오래될수록 좋습니다. 또한 사소한 일로 서로자주 다투지 않습니다. 쿨하게 넘어가 줍니다. 그리고 나에게 있는 단점을 가지고 농담 혹은 장난을 치지 않습니다. 특히 나의 기쁨에 같이 기뻐하고, 나의 슬픔에 같이 슬퍼하는 모습이 있습니다. 그래서 뒤에서 나를 질투하거나 시샘하는 소문이 들리지 않습니다.

특히 내가 도움이 필요할 때, 어떤 방식이든지 함께하며, "끝까지" 곁을 지켜 줍니다. 진정한 친구의 특징 중에 특징은 "자신이 내게 베푼 것은 잊고, 자신이 나를 통해 받은 것은 기억하는 특징"이 있습니다. 이런 친구 단 한 명, 혹은 두 명 만 있어도 넉넉한 인생입니다. 그렇게 진정한 친구는, 적을 수밖에 없는 이유는 "그런 친구는 얻기 힘들고, 그만큼 희소가치가 있기 때문"입니다.

그러나 분명 그런 친구 한, 두 명이 자신 인생의 피난처요, 도피성이요, 산성이요, 피할 바위가 될 것입니다. 혹 독자님께서 그런 친구가 있다면 "행운을 넘어 행복한 사람"입니다. 특히 기독교인에게는 그런 친구가 예수님이십니다. 그런데 친구에 대하여 결코 잊지 말아야 할 한 가지를 더 말씀드리고 싶습니다.

그런 친구들을 얻기 위해서는 "내가 먼저 그런 친구가 되어야 한다"는 진리입니다. 그런데 혹 독자님 중에 지금까지 그런 진정한 친구가 전혀 없다면 "종교"를 가지시는 것도 좋습니다. 혹 "일부" 종교인들이 비난을 받아 마땅할 수 있으나, 그 종교의 신은 참 좋으신 분이기 때문입니다. 그 신은 물론 높으신 절대자이시지만, 동시에 자기를 찾는 사람에게 마치 진정한 친구처럼 다가와서 함께 동행 해 주시기 분이기 때문입니다.

이제 내가 친구가 많든, 적든, 아니면 친구가 없든, 종교가 있든 없든, 상관없이 한 가지만은 잊지 말아야 합니다. 그것은 항상 자신을 비판하고 비관하는 것은 "성격이 아닙니다. 습관"입니다. 나쁜 습관입니다. 할 수 있거든 지금 이 순간, 버려야 할 쓰레기 같은 습관입니다. 그 이유는 행복이 쌓이는 원인은 행복의 크기가 아니라 "빈도"이듯이, 불행이 쌓여가는 것도 자기비판, "자기 비관의 빈도 때문"입니다. 그 습관 때문입니다. 버릴 것을 버리고 취할 것을 취하는 오늘이 되었으면 합니다.

실패와 성공은 동의어일 수 있습니다.

선생과 스승의 차이점은 무엇일까요? 선생은 자신의 "지식"을 전달해 주시는 분입니다. 그러나 스승은 자신의 "삶"으로 영향을 끼치는 분이요, 모범을 보이신 분입니다. 그러므로 나의 인생에서 결정적인 영향을 끼치는 분은 선생이기 보다는, 실은 스승일 것입니다. 그런 스승을 한 분, 혹은 두 분을 모시고 있는 분은 행복한 사람입니다. 성도님은 스승이 계신지요? 아닌지요?

그런데 대부분의 사람들은 "선생?, 스승?, 아니에요, 난 그 누구의 도움을 받지 않고, 나 스스로 여기까지 왔다니까요!!"라고 말합니다. 그런 분들은 "난 앞으로도 누구의 도움이 필요 없는 사람입니다!!"라고 단호하게 말합니다. 그것은 착각이요, 오해입니다. 또한 사람들은 자신이 자신의 삶의 주인이라고 단정합니다. 그것도 역시 착각이요, 자만입니다. 그 이유는 실은 자신의 삶에서 제일 중요한 것들은 정작, 자기 자신이 결정할 수 없었기 때문입니다.

즉 내가 태여 날 시간, 즉 생년월일을 내가 결정할 수 없었습니다. 내가 태여 날 나라, 부모, 성별, 성품, 재능, 혈액형 및 자신이 태여 날 "시대"를 선택할 수 없었습니다. 동시에 앞으로 자신이 죽을 시간도 결코 알 수 없습니다. 그렇기 때문에 우리는 자기 자신을 신뢰하기는 해야 하지만, 자신을 "광신"해서는 안 됩니다.

광신이란, 나는 내가 내 삶의 주인이며, 오늘까지 그 누구의 도움 없이 내가 스스로 난관을 헤쳐 나왔다는 의식에서 나옵니다. 그로 인해 내 자신의 판단은 항상 옳고, 타인은 틀렸다, 라는 생각이 고착화된 상태입니다. 물론 우리는 자존심은 있어야 하지만, 그런 "자기 광신자"는 되지 말아야 합니다. 그러기 위해 삶의 여정 중 스승을 만나는 것, 그 스승을 통해 자신을 살펴보는 것, 그리고 그 스승을 통해 자신을 만들어가는 것은 지혜요, 축복입니다.

그런데 제대로 되신 스승들을 만나게 되면 분명, 그들에게는 이런 공통점이 있음을 발견하게 될 것입니다. 그것은 그 분은 삶을 "즐기는 자이기 보다는, 노력하는 자"였다는 것입니다. 자신의 삶을 즐기는 자들의 특징은 이런 말을 쉽게 합니다. "저는 공부(수학, 영어, 국어 등, 무용, 글 쓰는 것, 운동, 목회)가 제일 쉬웠어요.." 그들의 그런 말에 우리들은 현혹되거나, 동의하지 말아야 합니다.

그 이유는 그렇게 말하는 사람들은 "그 분야에서" 소위 상위1%에 속한 특별한 사람이기 때문입니다. 또한 선천적, 후천적으로 특별한 재능이 있는 별종이기 때문입니다. 그래서 제가 아는 어느 분은 이렇게 말씀하였습니다. "목사님, 나는 내가 돈을 찾는 것이 아니라, 돈이 나를 따라오는 것을 자주 느꼈습니다. 그래서 여러 가지 일 중, 이것을 하면 내게 돈이 따라 올 것이 보입니다. 그리고 그렇게 돈을 벌었습니다."

반면 우리는, 아니, 나는 그 1%에 속한 사람이 아니라는 것을 인정해야 합니다. 즉 나는 특별한 사람이 아니라, 죽도록 노력해야 하는 사람이요, 넘어져도 포기하지 않고, 다시 도전해야 이 생존경쟁이라는 정글에서 살아남을 수 있다고 확신하며 살았던 사람들이 진정한 "스승"입니다. 즉 "실패와 성공을 동의어"로 여기는 사람들이 제대로 된 스승의 모습입니다.

그래서 그런 분은 몇 번의 실패에 좌절하며 주저앉지 않습니다. 물론 오뚜기처럼 벌떡 일어나지는 못해도, 굼뱅이처럼 느리지만 꿈틀거리며 결국에는 다시 일어납니다. 즉 진정한 스승이란, "고난과 실패를 발판 삼아, 성취와 성공"을 이루어냈기에 실패와 성공이 동의어가 된 분입니다. 그래서 기독교인에게 영원한 스승 되시는 예수님께서도 십자가 고난을 발판 삼아, 부활과 승리를 이루어내셔서 우리의 모범이 되었습니다. "이를 위하여 너희가 부르심을 입었으니 그리스도도 너희를 위하여 고난을 받으사 너희에게 본을 끼쳐 그 자취를 따라 오게 하려 하셨느니라"(벧전2:21)

이런 스승이 그렇게 될 수 있는 이유는 "자신의 일터를 꿈터"로 여기지 때문입니다. 예수님의 꿈, 즉 비전은 우리들을 죄악에서 건지사, 영생과 천국으로 인도하는 것이었습니다. 그것을 위해 죽음의 십자가를 참으시는 것이었습니다. "믿음의 주요 또 온전하게 하시는 이인 예수를 바라보자 그는 그 앞에 있는 기쁨을 위하여 십자가를 참으사 부끄러움을 개의치 아니하시더니 하나님 보좌 우편에 앉으셨느니라"(히12:2)

꿈이란 단어에는 두 가지 의미가 있습니다. 첫째, 꿈(드림)은 마치 한 밤에 꾸었는데 일어나 보니 기억조차 없는 것과 같습니다. 그러나 둘째, 꿈(비전)은 목표를 정한 후 그것을 향해 좌절하지 않고 전진하는 것입니다. 그래서 성취와 성공을 경험한 분들의 입에서 우리는 이런 말을 들을 수 있을 것입니다.

"중, 꺽, 마!!" "중요한 것은 꺽기지 않는 마음"입니다. 그런데 내 자신에게 그런 마음과 삶을 갖도록, "자신의 삶으로 말씀해 주시는 스승"이 있는 사람은 행복한 사람입니다. 그 이유는 좋은 스승 밑에서 좋은 제자가 탄생할 것이기 때문입니다. 저보다 몇 년 후배 목사님이 있습니다. 그 분은 과거 축구 국가대표선수를 지내신 분입니다. 그 분이 옛날 고등학교 시절 축구부는 폭언과 구타가 일상이었다고 합니다. 맞지 않는 날이 거의 없는 하루하루를 보내는 것은 지옥 아랫목과 같았다고 합니다.

한번은 몽둥이로 40대를 맞아 엉덩이가 걸레가 되고 말았다고 합니다. 그때 그 선배가 한 말은 지금도 기억난다고 합니다. "야! 이 놈들아!! 나 때는 40대가 아니라, 100대 씩 맞았어. 40대? 고마운 줄 알아!!!" 또한 고된 훈련이 끝난 후 숙소로 들어가면 그 큰 연탄난로의 연탄을 갈고, 그 많은 빨래를 한 후, 선배선수들에게 안마까지 해 주는 고난의 행군으로 인하여 드디어 한 명, 두 명씩 축구선수생활을 접고 말았습니다.

그 후배도 그 당시 더 이상 견딜 수 없는 죽음의 고통을 느끼면서 시간을 내어 "평소 스승처럼" 여겼던 아버님을 찾아뵈었습니다. 그리고 지옥 같은 축구선수생활을 여기서 끝내겠다고 말씀드리자, 짧지만 평생 잊지 못할 말씀을 주셨다고 합니다. "얼마나 힘들면 나에게 그런 이야기를 하겠느냐만은, 잘 들어라. 아들아.. 지금의 그 고난과 아픔을 견디어 내지 못하고 중단하면, 앞으로 그 어느 것을 해도 역시 중간에 그만 두고 말 것이야. 그리고 그것은 평생 너에게 나쁜 습관이 될 것이야. 이겨내야 해.. 그러면 결국 성공할 수 있어!!"

그 날 따라 아빠의 그 말씀은, 좋은 스승의 말씀처럼 들렸다고 합니다. 그리고 그 말씀을 마음에 새기고 다시 축구부 숙소로 들어갔습니다. 그리고 "피눈물을 흘리며 운동의 씨"를 뿌렸더니 뿌린만큼, 흘린 땀만큼, 흘린 눈물만큼, 가꾼 실력만큼 열매를 얻게 되었습니다. 그는 그 후, 평생 국가대표였다는 명예를 훈장처럼 달게 되었습니다. 즉 "실패와 성공이 동의어"가 되는 삶을 경험하게 되었습니다.

저는 가끔 "서민갑부"라는 티비 프로를 봅니다. 서민으로 갑부가 된 대부분의 주인공들에게는 한 가지 특징이 있습니다. 그것은 주인공들 대부분은 자신의 생업을 즐기는 사람이 아니었습니다. 도리어 자신의 목숨을 걸고, "끝없이 노력하는 자"들입니다. 동시에 몇 번 실패를 경험해도 꺾기지 않는 사람들이었습니다. 그 이유는 자신이 일하는 그 "일터가 꿈터"였기 때문입니다. 즉 그 일터가 자신 뿐 아니라, 가족과 어려운 이웃을 향한 자신의 꿈이 이루어지는 터가 되기를 갈망하였기 때문입니다.

다시 말씀드리면, 자신의 일터가 자신의 꿈을 이루어 줄 꿈터로 여기니, 힘든 일도 힘들다 불평 하지 않고, 쓰러져도 다시 일어나며, 목표를 향하여 진력하게 된 사람들입니다. 물론 몸과 마음이 걸레가 된 순간, 그것을 핑계거리로 삼고 짧게 하루 이틀 또는 한, 두 주간을 쉴 수 있으나, 그후 "매일" 똑같은 일을 최선을 다하여 감당합니다.

우리가 스승으로 삼아서, 그 분의 것을 내 것으로 만들기 위해서 침 삼키는 순간에도 잊지 말아야 할 원리가 있습니다. "몰아쳐 한 번에 많이 하는 사람은, 적지만 매일하는 사람을 결코 이길 수 없다"라는 것입니다. 그것이 공부이든, 장사이든, 운동이든, 신앙이든 말입니다. 우리 교회 어느 은퇴 안수집사님 이야기입니다.

그는 매일 아침 7시에 자신이 정한 아침 운동 코스로 출발합니다. 그는 걷다가 매일 그 장소로 가시면, 두 손을 들고 하나님께 약 10분간 기도를 합니다. 그 때 주위에 사람들을 전혀 의식하지 않음은, 그들보다 하나님 아버지를 더 의식하기 때문입니다. 그 기도내용을 제가 다 알고 있으나, 말씀드리지 않는 것이 그 분을 향한 예의라고 생각합니다. 그리고 기도 후, 약 만보 가량을 걷고 집으로 돌아옵니다. 물론 심장에 무리가 될 것 같은 강한 추위가 엄습하는 날을 제외하고는 매일, 매일, 매일, 일 년 내내 변함없이 그 일상을 반복하고 있습니다. 그의 삶은 "중,꺾,마"가 아니라, "중,꺾,신", 즉 중요한 것은 꺾이지 않는 신앙입니다.

그 결과, 그를 뵙는 사람들은 그가 80세가 넘었다는 것을 인정하기 어려울 것입니다. 그는 일평생 가정과 사업, 그리고 건강에 큰 굴곡을 경험했으나, 그 정도의 건강과 신앙을 유지할 수 있었던 비결이 무엇이라고 생각하십니까? 여러 이유 중 제일 큰 원인은, 무엇이든지 "안하다가" 몰아쳐 하는 것이 아니라, 상황과 환경을 탓하지 않고, 그럼에도 불구하고 매일 하는 운동과 경건 때문입니다.

매일, 매 순간, 같은 위치에 물방울이 떨어지면 바위도 움푹 파일 날이 있는 것입니다. 그러므로 지금 우리에게 중요한 것은 "자신의 장점을 아는 것만큼, 자신의 단점을 아는 것"입니다. 자신의 능력을 아는 것만큼, 자신의 한계를 아는 것 입니다. 그 이유는 자신의 단점과 한계를 알고 인정해야, 그 때에 스승이 보이기 때문입니다. 또한 그 스승을 닮고 싶은 꿈이 생기기 때문입니다. 새로운 목표가 생기기 때문입니다. 매일 꾸준히 하게 될 것입니다.

동시에 작심삼일이 되지 않기 위해 큰 목표가 아니라, "작은 목표"를 설정하게 될 것입니다. 내가 할 수 있는 작은 목표를 매일 실천하다가, 어느덧 "내 자신의 한계를 넘어가고 있는 자신을 발견"하게 될 것입니다. 드디어 어느 날, 자신을 그렇게 성장케 하신 주원인이 되었던 스승을 만나서, 식사를 대접하며 감사 표현을 할 수 있는 분들이 더 많아졌으면 합니다.

물론 지금 "자신은 이미 실패한 인생"이라 단정하며 자포자기의 마음을 갖은 분도 우리들 가운데 계실 것입니다. 그 결과 그는 "자신에 대한 신뢰가 많이 사라진 상태"일 것입니다. 동시에 다시 도전하겠다는 생각보다는, "도전했다가 또 실패할 것"이라는 부정적 예견이 자신을 억누르고 있을 것입니다.

인정합니다. 동의합니다. 그러나 한 가지 이제는 명심해야 할 것이 있습니다. 분명한 것은 "성공을 통해 얻는 교훈보다, 실패를 통해 얻는 교훈이 더 값지고", 강력하며, 오래가고, 자신을 수정할 수 있는 "능력"이 된다는 것입니다. 즉 "실패, 교훈, 변화, 도전, 그리고 후회 없기"가 자신의 삶의 새로운 이정표, 네비게이션이 되셨으면 합니다.

스타티오를 아십니까?

옛 수도사들이 필수적으로 받는 경건의 훈련이 있었습니다. 그 훈련은 스타티오(statio)입니다. 그것은 다른 것을 시작하기 전, 지금 하던 것을 "온전히" 멈추는 것입니다. 즉 두 가지 일 사이에 공간을 두는 것입니다. 그리고 그 공간 속에서 자신을 바라보며 묵상하고, 지혜를 얻는 것입니다. 예를 든다면 우리가 어느 책을 읽었습니다. 그런 후, 다른 책을 읽기 전에 이런 스타티오를 갖는 것입니다.

"이 읽은 책을 통해 나는 무슨 감동과 교훈을 받았는가?" "그리고 그것을 내 삶의 어디에, 어떻게 적용해야 할까?" 그러므로 우리들 삶에도 스타티오를 적용하는 것은 참된 지혜입니다. 내게 일어난 좋은 일이든, 나쁜 일이든, "다음 행동을 하기 전"에 반드시 온전히 멈춘 후, 묵상하며 지혜를 얻는 것은 좋은 습관입니다. 그 이유는 그렇게 자신을 돌이켜 생각해 볼 수 없을 정도로 너무 바쁘게 살아가는 습관은, 결국 너무 나쁜 습관이요, 나쁜 결과를 낳을 수 있기 때문입니다.

현재 우리의 하루는 너무 소란한 소리에 취해 살아가고 있습니다. 즉 핸드폰 소리, 티비 속에서의 소리, 주변 사람들의 소리, 유튜브 소리, 내 속에서 오만가지 소리 등으로 말입니다. 그 소리들은 마치 속 빈 깡통 소리와 같아서 그 소리들을 통해서는 의미 있는 삶의 깨달음을 얻을 수 없습니다. 그러므로 "생각하는 존재인 인간"이 자신을 바라볼 수 있는 시간과 공간을 만들어야 하는 것은 선택과목이 아니라, 필수과목입니다.

왜냐하면 성급한 것은 느긋한 것 보다 실수를 할 확률이 높기 때문입니다. 자신의 삶에 공간이 있으면, 그 곳에 채워지는 것이 있기 마련입니다. 그러므로 그 무엇을 하시든지 스타티오 과정을 "계속 반복하면" 어느 날 그것이 자신의 삶에 유익을 주는 습관이 될 것입니다. 특히 "경쟁과 성취"를 강요하는 이 세상을 살아가는데 자신의 실수는 줄이고, 성취를 더 경험할 수 있는 비결이 될 것입니다. 혹 내 생애 속에서 스타티오의 "첫 단추를 잘못 채웠다면", 이제라도 다시 채우시면 됩니다. 결코 늦지 않았습니다. "오늘이 나의 생애 중, 제일 젊은 날"이기 때문입니다.

얼마 전, 지인의 딸이 출연하는 소프라노 독창회(8월)에 참석하였습니다. 독창하는 시간만 1시간이 훨씬 넘는 독창회였는데 중간 쯤, "온전히" 쉬는 시간이 있었습니다. 관객들 뿐 아니라, 아마도 그 성악가 자매도 잠시, 그러나 분명하게, 마음과 몸을 추스리며 자신이 한 독창에 대한 묵상과 나머지 노래에 대한 새로운 각오를 다짐하지 않을까 추측해 보았습니다. 그런 멈춤과 쉼은 "낭비"가 아니라, "재충전"일 것이 분명했습니다.

이제 독자님께서 무슨 일이든, 무엇을 하든, "마침과 시작 사이에" 스타티오의 시간과 장소를 일부러 만들어 보시면 좋겠습니다. 예수님도 공생애 사역을 하시면서 제자들과 식사를 할 시간조차 없는 지경이 되었습니다. "이르시되 너희는 따로 한적한 곳에 가서 잠깐 쉬어라 하시니 이는 오고 가

는 사람이 많아 음식 먹을 겨를도 없음이라"(막6:31)

그 때 예수님께서 제자들에게 스타티오를 명하셨습니다. "~너희는 따로 한적한 곳에 가서 잠깐 쉬어라~" 즉 먼저 장소를 구별하셨습니다. "한적한 곳"입니다. 그 후 방법을 전하셨습니다. "따로, 잠깐 쉬어라" 그러나 그 시기는 제일 바쁠 때였습니다. 그러나 "사역 현장을 떠나라!! 그리고 잠시 무조건 쉬어라!!" 말씀하셨습니다. 그 이유는 "쉼이 마침표가 아니라, 느낌표가 될 것"을 주님께서 아셨기 때문입니다.

제자들에게 따로, 잠깐 쉬어라 말씀하신 예수님도 쉼의 중요성을 실천하셨습니다. 그래서 예수님 공생애 중 제일 힘들고, 고통스럽고, 긴박한 수난의 한 주간을 보내실 때 수요일 행적 기록이 거의 없습니다. 그 날 아무 사역도 아니하셨음은, 십자가 지심이라는 큰 사역을 앞두고 자신의 마음과 몸의 쉼을 취하셨음을 넉넉히 알 수 있습니다. 그래서 금요일 대속의 죽임당하심을 넉넉히 이겨내셨습니다.

유럽의 일부 나라에서 시행하는 시에스타를 아시지요? 그것은 스페인, 그리스, 이탈리아 등 지중해 연안 국가에서 지금도 실시하고 있는 낮잠 자는 시간입니다. "게을러도 좋은 시간"입니다. 자신의 하루 일상 중, 잠시라도 완전히 정지하는 시간입니다. 스페인은 오후1시부터 4시 까지, 그리스는 오후 2시 부터 4시까지, 이탈리아는 오후1시부터 3시 30분까지입니다. 과학적 연구를 통해 시에스타, 약 30분 정도의 짧은 낮잠은 원기를 회복시키며 육체적, 정신적, 지적 능력을 향상 시키는데 효과가 있다고 밝혀졌습니다.

물론 한 낮의 기온이 40도에 이르는 그 나라들의 무더위도 한 몫을 했을 것입니다. 그 결과 시에스타의 쉼은 하루의 마침표가 아니라, 느낌표가 되고 있습니다. 특히 회복과 재충전의 느낌표가 됩니다. 물론 "목사님, 쉴 틈이 어디 있어요?! 죽을 시간도 없답니다. 이런 이야기는 저에게 한가한 이야기요, 해당이 되지 않는 말씀이라니까요?!"라고 하실 분이 계실 것입니다. 넉넉히 이해합니다. 저도 그랬으니까요.

제 아내가 이런 말까지 했습니다. "그렇게 하루, 한 주간을 보내면서 쓰러지지 않는 것이 신기하네요. 하나님의 은혜인 것이 분명한데, 그 은혜가 지속되기 위해 좀 쉬세요.." 그래서 갈멜산에서 바알과 아세라 선지자 850명과 진짜 신을 가름하는 대결에서 엘리야는 너무 힘들고 고통스러웠습니다. 1:850 숫자적으로 말이 되지 않는 현실을 맞이했습니다. 그 결과 영적싸움, 심리적 싸움, 육체적 싸움으로 인한 엘리야의 스트레스, 즉 강박관념은 극에 달했습니다.

지금 말로 표현한다면 뚜껑이 열릴 직전이 되었습니다. 그 증거가 갈멜산에서 극적 승리 후, 이세벨 여왕의 위협의 말 한마디에 선지자요, 민족의 지도자로서의 사명과 체면을 다 던져 버리고 급히 광야로 도피하는 엘리야의 모습입니다. 그리고 저를 하나님께 지금 데려가셔서 천국에서 영원한 평안을 누리고 싶다고 때를 쓰는 장면을 목도하게 됩니다.

그 이유는 엘리야의 사역과 삶에서 정말 쉴 틈이 없었기 때문입니다. 그래서 무엇을 생각하거나 묵상할 틈도 없었기 때문입니다. 그 결과 제대로 된 결단을 내릴 여유가 전혀 없게 되었습니다. 이렇게 번 아웃된 엘리야에게 하나님께서 택하신 회복의 방법은 특별기도회, 40일성경공부, 혹은 작정금

식기도가 아니었습니다. 다만 푹 쉬고, 먹고, 잘 수 있는 스타티오, 즉 잠시라도 자신을 깊게 생각할 수 있는 시간과 장소를 주셨습니다. 지금의 말로 표현한다면 "멍 때리는 시간"을 주셨습니다.

"로뎀 나무 아래에 누워 자더니 천사가 그를 어루만지며 그에게 이르되 일어나서 먹으라 하는지라 본즉 머리맡에 숯불에 구운 떡과 한 병의 물이 있더라 이에 먹고 마시고 다시 누웠더니 여호와의 천사가 또 다시 와서 어루만지며 이르되 일어나 먹으라 네가 갈 길을 다 가지 못할까 하노라 하는지라 이에 일어나 먹고 마시고 그 음식물의 힘을 의지하여 사십 주 사십 야를 가서 하나님의 산 호렙에 이르니라"(왕상19:5-8)

엘리야 뿐 아니라 우리에게도 때론 깊은 잠을 자게 하시는 하나님이십니다. 어루만져 주시는 나의 하나님이십니다. 또 다시 먹고 마시고 자게 하시는 하나님이십니다. 그 어느 음식은 우리의 마음과 몸의 힘이 되게 하시는 아버지 하나님이십니다. 때론 자신의 의지와 상관없이 병원에 입원하여 푹 쉬게 하시는 하나님이십니다. 때론 내 의지와 상관없이 퇴직, 혹은 가게를 문 닫게 하신 후, 생각하고 깨닫게 하시고 다시 일으키시는 하나님이십니다.

때론 성도님 마음에 이제는 좀 쉬라고 조용하지만 분명하게 말씀하실 것입니다. 그 때 버거운 현실을 핑계되지 마시고 그 말씀에 즉시 순종해야 합니다. 시간이 정말 없으시다면 자택 주차장에 주차한 후 잠시 불을 끄고 하루를 묵상하고 하나님께서 잠시라도 자신을 의탁하는 기도를 해도 좋습니다.

저 같은 경우는 너무 정신적으로 힘든 날은, 집 멀리 잠시 주차한 후 약 20분 간 혼자 걷다가 다시 차로 돌아옵니다. 그 시간은 "주님을 모시고 멍 때리는 시간"입니다. 그런데 그 때가 성령님께서 위로하시고 새 힘을 주시는 시간임을 자주 경험합니다. 그런데 하나님 뿐 아니라, 우리의 뇌도 그런 시간을 원하고 있습니다. 그러므로 늦은 시간까지 공부를 하고 들어온 자녀가 자기 방에서 잠시 멍 때리고 있다고 다그치지 말아야 합니다. 자녀의 뇌도 잠시 쉬면, 하루 공부한 것을 잘 숙지하는데 큰 도움이 되기 때문입니다.

특히 성경읽기 또는 성경쓰기는 기독교인에게 주신 진정한 쉼을 위한 하나님의 선물입니다. "하나님의 도는 완전하고 여호와의 말씀은 진실하니 그는 자기에게 피하는 모든 자에게 방패시로다"(삼하22:31) "하나님의 말씀은 다 순전하며 하나님은 그를 의지하는 자의 방패시니라"(잠30:5) 아멘!

미시건 주 잭슨에 있는 성 요셉 고아원에 불쌍한 두 형제가 살고 있었습니다. 그들은 형 지미와 동생 타미였습니다. 중학생 나이가 되었을 때 그들은 양부모를 따라 고아원을 나와서 이산가족이 되고 말았습니다. 그 중 동생 타미는 양부모의 인도를 따라 새로운 학교를 다니기 시작했는데, 몇 번의 왕따를 당하면서 몇 번의 사고를 치고 말았습니다. 결국 최후통첩인 퇴학을 통보 받았습니다.

분노와 후회에 휩싸여 학교 교문을 힘없이 나가는데 문뜩 타미의 마음에 고아원 베라다 수녀님의 말씀이 문뜩 떠올랐습니다. "하나님은 너를 절대로 버리지 않는단다. 앞으로 큰 별을 따도록 계속 노력해라!!" 타미는 그 말씀이 생각날 때, 절망 속에서라도 새로운 희망과 용기를 품기 시작했습니다. 그리고 피자 가게에 취직하게 되었습니다.

피자 만드는 과정을 열심히 배우기 시작했습니다. 하나님께서 자신을 버리지 않으신다는 확신을 갖고 큰 희망과 목표의 별을 따고자 최선을 다하였습니다. 그리고 드디어 피자 한 판을 단 11초에 반죽하는 놀라운 기술을 선 보였습니다. 그리고 그는 오늘 날 미국 및 전 세계에서 두 번째로 큰 도미노 피자 회사를 소유하는 큰 별을 따고 말았습니다.

그 도미노 피자 창설자는 바로 "퇴학을 당했던 고아 타미, 즉 토머스 모나한"이었습니다. 그 모나한 회장이 자주 사람들에게 하신 말씀은 이것이었습니다. "청년들이여! 그대의 생애를 하나님께 맡기고, 한번쯤 크게 승부를 걸어 보아라!!!" 그에게 도미노 피자 회장을 가능케 한 말 한마디는 이것입니다. 즉 힘들 때, 낙망할 때마다 "생각난" 수녀님의 이 말씀이었습니다. 하나님은 너를 절대로 버리지 않으신다!! 큰 별을 따도록 노력하라!!

"하나님께서 너를 절대로 버리지 않으신다"라는 수녀님의 말씀은 성경말씀입니다. "그리하면 여호와 그가 네 앞에서 가시며 너와 함께 하사 너를 떠나지 아니하시며 버리지 아니하시리니 너는 두려워하지말라 놀라지 말라"(신31:8) "돈을 사랑하지 말고 있는 바를 족한 줄로 알라 그가 친히 말씀하시기를 내가 결코 너희를 버리지 아니하고 너희를 떠나지 아니하리라 하셨느니라"(히13:5)

받은 말씀, 읽은 말씀, 특히 "암송한" 말씀이 "생각나게 하시는 하나님"을 신뢰하세요. 하나님은 설교를 듣거나, 성경을 읽거나, 특히 암송한 성경 말

씀이 생각나게 하시는 하나님이십니다. 만일 성도님께서 오늘부터 스타티
오를 기억하시고, 실천하신다면 말입니다. 그런 경건을 또 미룬다면 "늦었
다 할 때가, 이미 늦은 때"가 될 것입니다.

비교의식에서 벗어나기

비교의식, 이것은 마치 우리 모두에게 손가락, 발가락이 있듯이, 우리 마음속에 늘 존재합니다. 다만 손가락, 발가락의 길이에 차이가 있듯이, 사람마다 비교의식의 농도가 차이가 있을 뿐입니다. 그래서 지금을 "배고픈 것은 참을 수 있는데, 배 아픈 것은 참을 수 없는 시대"라고 합니다. 그런데 이런 비교의식을 때문에, 내가 그 사람보다 못하다고 판단되면 열등감과 비굴함이 찾아와 내 안에서 둥지를 틉니다.

반대로 내가 그 사람보다 낫다고 판단되면 교만과 우월의식이 찾아와, 역시 내 안에서 둥지를 틉니다. 그 결과 비교의식은 나를 "원래" 나답지 못하게 할 뿐 아니라, 내 좋았던 성품까지 바꾸어 결국 내 주위의 사람들이 하나 둘 씩 슬그머니 떠나는 원인이 되고 맙니다. 결국 비자발적인 외톨이가 됩니다. 즉 자기 "스스로" 비자발적인 고독이라는 감옥 속에 들어가게 됩니다.

그러므로 비교의식은 마치 그물에 걸린 새가 그 그물에서 빠져 나오기 위해 몸부림치듯, 할 수 있거든 빨리, 급히, 내 안에서 제거해야 합니다. 물론 그 누구, 그 무엇을 보면서 "순간" 생기는 비교의식 "자체를" 온전히 제거할 수는 없습니다. 아니, 제거할 필요도 없습니다. 그 이유는 나와 그 누구를 비교한다는 것은 마치 내가 지금 호흡하는 것처럼 너무 자연스러운 현상이기 때문입니다.

이는 전세집에 사는 내가, 자기 집에 사는 그 친구와 비교하는 것이 마치 호흡하듯 자연스러운 것과 같습니다. 그것까지 나쁘기에 버려야 한다는 것은 아닙니다. 다만 비교의식으로 인해 내 안에, 또는 내 삶에 열등감, 비굴함, 반대로 교만과 우열의식이 자리를 잡아 나를 나답지 못하게 만드는 것은 빨리, 속히, 기여코 제거해야 합니다. 즉 새가 내 머리 위로 날아다니는 것은 신경 쓸 필요가 없습니다. 다만 "그 새가 내 머리위에 둥지를 트는 것"은 초기에 과감히 제거해야 합니다. 그 제거의 방법은 이렇습니다.

첫째, "이제라도 나에게 없는 것 보다, 아직 남아 있는 것을 확인하고 감사"하는 훈련을 하는 것이 좋습니다. 그래도 아직 내 곁에 있는 것, 내가 잘할 수 있는 것, 내가 좋아하는 것을 찾아 계발하고 사용하고 감사하는 것을 새로운 삶의 지혜로 삼아야 합니다. 그러면 상대적인 박탈감은 점점 등 뒤로 물러가고 새로운 삶의 자신감과 목표, 그리고 행복이 찾아올 것입니다. 어느 날 아침, "잠시 비교의식에 사로잡혔던" 제 아내가 저에게 보낸 카톡 내용을 아내의 동의하에 과감히 공개합니다.

쿠키건강티비에서 하와이 이민 120주년 기념 다큐를 촬영하는데 남편이 진행자가 되어 하와이에 왔다. 하와이에 사는 남편의 옛날 소싯쩍 동무이자, 하와이에서 크게 성공한 커리어우먼으로, 또한 화가로 활동하는 000님의 도움은 말 할 수 없이 크다. 하와이 첫 이민자의 정착지와 그들의 무덤, 그리고 그 후손들의 삶과 연관된 인터뷰등 이 프로그램이 성공적으로 진행될 수 있는 물심양면의 적극적인 도움과 수고와 헌신이 진심으로 감사할

따름이다.

당연히 남편과 둘이 인터뷰도 하고 연출사진을 찍는다. 그런데 남편의 옛 친구의 눈부신 커리어에, 그리고 그 녀의 자신감 넘치는 아름다움에 비교하여 어느새.. 낮아질데로 낮아진 내 자존감은 땅바닥에 길고 어두운 그림자로 흐른다. 목사 사모로 남편의 시간에 맞춰 사는 삶이지만 불만보다는 감사가 넘치는 생활이었는데..

성도들에게 내 능력 이상으로 높임 받고 사랑 받고.. 남편의 능력만큼 인정을 받고 칭찬받으며.. 그게 나 인줄 알았다. 사모가 아무리 달란트를 죽이고 사는 자리라지만 따오기, 그림자라는 별명 말고 내 스스로 표현할 무언가가 없다는 상실감이 슬프다.. 지금까지 무엇을 하고 살았는가.. 나의 게으름의 결과에 부끄럽고 슬프다..

눈부시게 파란 하늘과 하얀 구름, 청아한 바다.. 지상의 낙원이라는 이 아름다운 곳 하와이에서 나락으로, 나락으로 추락하고 있다는 것이 슬프다. 그런데.. 생각해 보자 영주야.. 사진을 찍을 때 와이드렌즈로 바꾸면 피사체의 또 다른 아름다움이 보이지..? 이제 부정적인 생각의 흐름을 바꿔보렴.. 쿠션(조신영 작가의 책)을 기억하렴.. 부정적인 생각과 긍정적인 생각에서의 선택은 어차피 나의 몫이라는 것을..

그림자는 물체의 모양대로 생기는 그늘이다. 그림자는 그래서 정해진 모양이 없다. 그림자는 그렇게 스스로 빛날 수 없는 존재다. 남편이라는 모양대로 생기는 자리. 언제나 그 그늘에서 안전하고 행복했고 감사했음을 잊지 말자. 대수롭지 않은 말장난으로 남편을 향한 사랑과 신뢰를, 남편을 허락하신 은혜를 잃지 말자.

은혜와 감사를 찾고 구할 때 남편의 그릇만큼 큰 그늘에서 비로소 평안함을 회복한다. 나는 행복한 따오기이다. 나는 빛나는 그림자이다. 며칠 동안 힘들었던 맘 정리하며 하와이로 삼행시를 해 볼까? 하: 하나님, 감사합니다. 와: 와글와글 소란했던 마음이. 이: 이제는 평안합니다. ^^

2022년 06, 22 하와이 와이키키에서..

그렇습니다. 아직 풍랑주의보가 내려지지 않았다면, 그 누구보다 "내가" 먼저 용기를 내어 배를 타야 합니다. 그래야 바다를 건너 그립던 집에 도착할 수 있습니다. 또한 부두에 메어져 있는 배는 배가 아닙니다. 밀물이 들어올 때 "내가" 먼저 부두에 메어 있는 밧줄을 풀고 바다로 나가야 고기를 잡을 수 있습니다. 마찬가지로 그 누구보다는 "나를 극복하는 것이 성공적인 인생살이입니다. 성공적인 신앙생활입니다"

제 아내처럼 이제라도 용기를 내어 나를 극복하기 위해 아직 내 곁에 남아있는 것을 찾아 발견하며 감사하세요. 그리고 내가 잘하는 것, 잘할 수 있는 것, 또는 내가 좋아하는 것, 혹은 내가 좋아할 수 있는 것을 찾아 발견한 후, 생각을 바꾸세요. 그러면 자신의 말과 행동이 바뀔 것입니다. 제 아내처럼 "하.와.이!!"를 외치게 될 것입니다.

"몸꽝"이 "몸짱"이 되는 것은 그 무엇보다도 "자기 생각의 결단"에서 시작됩니다. 그런 생각과 결단이 자신의 말과 행동을 결정하듯이, 오늘 우리는 이렇게 생각하며 외쳤으면 합니다. "부정적인 생각과 긍정적인 생각에서의 선택은 어차피 내 몫인데, 나는 긍정적인 생각을 선택합니다!! 그리고 이제는 내 곁에 있는 것, 내가 잘하는 것, 내가 좋아하는 것을 가지고 새롭게 내 인생을 만들어 나가겠습니다!!"

둘째, "이제라도 남을 인정하고 이해하고 덮어주는 것"입니다. 그 이유는 나의 비교의식에는 남에게 인정받고, 사랑 받고 싶은 욕망이 깔려 있기 때문입니다. 그러므로 이제라도 도리어 남을 인정하고 이해하고 덮어주기 시작하면, 내게 있는 비교의식이 점점 동이 서에게 먼 것처럼 사라질 것입니다. 이는 마치 "툰드라의 법칙"과 같습니다. 척박한 땅 툰드라에서 생존하는 것 자체가 생존인데, 그 곳에는 특별한 생존의 법칙이 있습니다. "이 땅에서 조난을 당한 사람을 발견하면, 그가 비록 자신과 원수관계일지라도 주저하지 말고 무조건 구해 주어야 한다!!!"

마찬가지로 우리들이 살고 있는 이 한국 땅도 어느새 툰드라 보다 더 척박하고, 춥고, 사망의 음침한 골짜기가 되고 말았습니다. 그래서 이제는 자주 사람들이 짐승보다 더 무섭기도 합니다. 그러나 그럼에도 불구하고 그 사람, 혹은 원수 같은 그 분이라도 내가 먼저 주저하지 않고 "이해하려 하고, 조금이라도 인정하는 증표를 보이며, 때론 무조건적인 사랑"을 보여 주는 것입니다.

그리하면 때가 되면 그도 나를 인정하며, 이해하고, 사랑하고자 하는 모습을 보게 될 것입니다. 그 이유는 사람은 하등동물과 달리, 하나님의 형상이기 때문입니다. 물론 혹 동물보다 못한 듯한 사람에게는 그런 회복의 때를 기대하기 어려울 것입니다. 그러나 그럼에도 불구하고 내가 계속 그렇게 하면, 동물보다 못한 듯한 그 사람을 통해서가 아니라, 다른 사람들 혹은 다른 환경과 일을 통해 위로와 보상을 받게 될 것입니다. 그 결과 툰드라의 법칙이 내게도 적용되는 신기함과 기쁨을 경험하게 될 것입니다.

아내와 함께 서점에 가서 평소 보고 싶었던 책을 구입했습니다. 그 날, 그 책들을 담은 종이봉투의 문구가 저의 마음에 다가왔습니다. "사람은 책을 만들고, 책은 사람을 만든다" 감히 기대해 봅니다. 저는 이 책을 만들고, 이 책은 독자님을 변화시켜 행복하게 했으면 좋겠습니다.

그럴 수도 있지..!!

사람들 중에는 자신에게 "끌려 다니는 사람"이 있고, 자신을 "끌고 가는 사람"이 있습니다. 이 둘 중에 어느 인생으로 사느냐, 역시 "자신의 선택"에 달려 있습니다. 왜냐하면 대부분의 사람에게는 이런 마음이 존재하고 있기 때문입니다. "내가 당하고 있는 이 아픔과 갈등의 원인은 다 그 사람에게 있다"라는 마음입니다. 혹 나도 그런 마음에 끌려 다니는 사람이 아닌가, 생각해 보셨는지요?

그런 마음을 품게 되면 자신을 점점 외롭게 만들게 되며, 동시에 자신의 그런 마음을 감추기 위해 쎈 척하는 언행을 자주 하게 됩니다. 자신의 그런 마음에게 끌려 다니는 사람은 자주 분노합니다. 인간관계에서도 어긋남이 반복 됩니다. 군중 속에서 고독을 느낍니다. 그런데 자신이 그렇게 된 것의 원인을 "자신에게서 찾지 않고" 타인에게만 돌립니다. 그렇게 자신에게 끌려 다니는 것은 불행입니다. 외로운 늑대입니다. 실패 인생입니다.

우리 아들이 20대 때, 한국 사람이면 그 누구나 다 아는 유명한 가수이자, 배우의 근접경호원 및 영어선생을 하였습니다. 근접 경호를 위해 가끔, 그 가수에게 팬들이 보낸 편지들 중, 특별한 내용은 읽어야 했습니다. 그 이유는 이런 편지 내용을 쓰는 팬도 있기 때문입니다. "~ 다른 팬이라면 몰라도, 님께서 나를 어찌 그렇게 대할 수 있느냐?!!"

이유는 그 가수가 공연을 마치고 나올 때 수많은 팬들이 환호와 반가움에 괴성을 지르며 다가옵니다. 물론 그 가수께서도 고마움의 표시로 팬들에게 고개 숙여 인사를 하지만, 결코 일일이 다 할 수는 없습니다. 그런데 그 팬은 자기 곁으로 그 가수가 지나가자, 반가움에 크게 인사를 했는데 자기 인사를 받지 않았다는 것입니다.

그래서 그것에 대한 섭섭함과 분노에 그런 편지를 쓴 것입니다. 당신의 모든 것을 너무 잘 알고 있으며, 당신을 죽도록 사랑하기에 이 콘서트 자리까지 온 나의 인사를 안 받고 어찌 그렇게 무심코 지나갈 수 있느냐는 것입니다. 이거, 누구의 잘못입니까? 누구의 착각입니까? 과연 그 가수의 잘못이겠습니까? 아닙니다.

혹 자신이 외로운 것, 화나는 것, 우울한 것, 잘못되는 것의 원인을 항상 다른 사람 혹은 그 "환경, 상황" 때문이라고 단정하고 계십니까? 정말 결코 나 자신은 아닐까요? 아닙니다. 나 자신일수도 있습니다. 이제라도 그것을 인정하는 것이 "잘못된 자신"에게 끌려 다니는 인생을 끝내고, "새로워진 자신을 끌고 가는 사람"이 되는 비결 일 수 있습니다.

악처로 인해 힘든 삶을 살았던 소크라테스가 제자들에게 결혼에 대하여 이런 말씀을 하였다고 합니다. "결혼을 해라! 좋은 아내를 얻으면 행복해질 것이고, 악처를 얻으면 (나처럼) 철학자가 될 것이다!!" 그런데 소크라테스는 자신의 악처에 대하여 불평, 원망, 그리고 후회하는 말을 거의 남기지 않았습니다. 도리어 우리 모두가 알고 있는 명언, 다른 사람이 아니라, "네 자신을 알라!!"라고 하였습니다.

예수님께서도 다른 사람의 눈에 있는 티끌을 보지 말고, 네 눈 속에 있는 들보를 먼저 보라고 하셨습니다. "눈에 들보?" 그 큰 들보가 어떻게 눈에 들어갈 수 있나요? 예수님께서 제자들에게 교훈을 하실 때에는 직설적인 언어를 사용하지 않고 자주 은유적이요, 유머어스럽게 말씀하신 것 같습니다. 또한 우리도 그 누구에게 손가락질 하면 한 손가락만 그 사람에게 가고, 무려 나머지 세 손가락은 내 자신을 가리키는 것을 보게 될 것입니다.

그렇습니다. 지금 내가 외로운 것, 화나는 것, 우울 한 것, 잘못되고 있는 것의 원인이 그 사람 뿐 아니라, 자신에게도 있음을 인정하면, 드디어 "자신의 잘못"도 보일 것입니다. 그리고 자신이 조금씩 바뀌면, 가정 혹은 사회에서 너와 우리도 조금씩 바뀌는 것을 보게 될 것입니다. 그 때 물론 지금까지 자신에게 "항상" 너그러웠던 나의 마음은 잘못을 인정하려는 내 자신에게 즉시 이렇게 책망할 수도 있습니다. "너 왜 그래?! 무슨 약 먹었어?! 정신 차려! 넌 잘못이 없어!!"

즉 그렇게 나에게 자기최면을 걸며, 넌 잘못이 없다는 주문을 외우게 할 것입니다. 그러나 이제는 그런 잘못된 내 마음의 유혹에 더 이상 "내 등"을 보이지 말아야 합니다. 그리고 그런 마음을 주는 녀석을 물리치고, 이겨내기 위해 "더 늦기 전에" 자기 자신을 제대로 알았으면 합니다. 자신의 눈에 들보를 보았으면 합니다. 자기에게 향하고 있는 세 손가락을 보았으면 합니다. 그리고 이렇게 고백하면 좋습니다.

"그동안 그 알량한 자존심 때문에 내 잘못을 인정하기 싫었습니다. 아니,

65

그런 내 마음을 더 깊이 숨겼습니다. 그리고 늘 해명과 변명만 늘어놓았습니다. 그러나 오늘은 인정합니다. 우리의 관계가 이렇게 된 것은 '내게도' 잘못이 있습니다. 솔직히 인정합니다. 그리고 깨달음의 증표로 그 사람에게 '내가 먼저 다가가서' 작은 미안함의 표현이라도 하겠습니다. 그 사람이 나의 이런 반응을 받아 드리든지, 받아들이지 않든지 상관없이 말입니다.."

그렇게 자신의 잘못에 대하여 "예민해지는 것"은 자신의 삶에 새로운 능력과 지혜가 될 수 있습니다. 물론 어느 분은 이렇게 자신의 잘못을 인정하는 변화가 죽기보다 싫을 수 있습니다. 그러나 사람은 죽기 전 까지 죽지 않습니다. 즉 그렇게 쉽게 죽지 않습니다. 그러므로 죽음을 쉽게 거론하지 말았으면 합니다. 다만 지금의 잘못을 전혀 인정하지 않는 나에게 일평생 끌려 다니며 살 것인지, 아니면 이제는 그런 나를 내가 잘 이끌어 가는 것을 경험할 것인지의 "선택은 자신의 몫"입니다. 즉 자신의 의지적이요, 의식적인 선택일 뿐입니다.

물론 그런 좋은 선택과 결단을 내리더라도 "단 한 번에 그와의 관계가 회복 되지 않을 수 있습니다" 그럼에도 불구하고 드디어 평생 처음으로 그렇게 시도해 본 내 자신을 보며 내 자신이 기특해 보이는 순간은 경험하게 될 것입니다. 또한 그런 지독한 자기 보호의 옛 자아에 더 이상 끌려 다니지 않는 자신을 보는 새로운 보람과 기쁨을 체험하게 될 것입니다. 물론 그와의 잘못된 관계가 알라스카 대 빙하가 결코 단번에 무너지지 않는 것과 같더라도 말입니다.

그러나 점점 기후가 따뜻해지는 "온난화 현상"으로 인해 거대한 빙하도 서서히, 또는 많이 무너지고 있습니다. 그리고 지금 이 순간에도 무너지고 있습니다. 마찬가지로 자신의 그와의 잘못된 관계가 대빙하처럼 단 한 번에 회복되는 일은 거의 없을 것입니다. 다만 "내 자신의 잘못도 인정하는" 따뜻한 마음, 따뜻한 표정, 따뜻한 언행을 통해 서서히, 그리고 크게 무너지고 회복될 것입니다. 물론 지금 그런 관계 회복을 보고 계신 분도 계실 것입니다.

그런 과정을 거치게 되면 내 안에서 자신을 "새롭게 이끌어가는 그 무엇"을 느끼게 될 것입니다. 그것은 "내 안에 좋은 쿠션이 생긴 것"입니다. 쿠션이란, 그 무슨 일이든, "원인과 반응 사이에는 잠시 공간이 생기는 것"을 의미합니다. 그런데 그 공간 속에서 둘 중에 한 가지를 잘 선택하는 지혜가 필요합니다. 그 둘 중에 좋은 선택의 결과는, 마치 딱딱한 나무의자와 내 엉덩이 사이에 좋은 쿠션 방석을 놓으면 그래도 덜 아프고 편안해 질 수 있음과 같은 것입니다.

오늘 쿠션이라는 꽤 괜찮은 방석 하나를 내 "마음" 을 위하여 구매하기로 결정했으면 합니다. 할 수 있거든 유명 브랜드 쿠션 방석이면 좋겠습니다, 제가 그 브랜드 이름을 소개합니다. "그럴 수도 있지.."입니다. 즉 원인과 반응 사이에 공간을 기억하며 전과 같이 급히 판단하는 것이 아니라, 조금은 늦게 그 사람, 그 일을 판단하는 것입니다.

즉 "당신, 나에게 왜 그랬어!!" 따지는 것이 아니라, "그가 나에게 왜 그랬을까?"라는 마음으로 질문해 보는 것입니다. 다시 말씀 드리면 "급히" 판단하는 것이 아니라, "잠시" 질문해 보는 것입니다. 그러면 그 사람, 그 상황에 대하여 좀 너그러워지는 자신을 보게 될 것입니다. 나를 나 밖에서 볼 수 있는 여유와 공간이 생길 것입니다. 그 때, "그럴 수도 있었겠구나..", 하며

"그럴 수도 있지..", 라는 말이 내 마음에서 스며 나올 것입니다.

그 결과 "죽고 사는 문제도 아니었는데, 그 때 내가 왜 그렇게 불 같이 화를 냈나? 그 때 내게 뭐가 씌었었나?"라며 후회하는 순간이 줄어들 것입니다. 그리고 이제는 "새로운 내가, 나를 끌고 가고 있음"을 느끼게 될 것입니다. 그렇습니다. 우리 모두 세월이 가면 갈수록, 또한 한 지붕 속에서 같이 사는 연수가 더 하면 더할수록, "너무 똑똑해지지 마시고, 좀 더 성숙되기를 사모"해야 합니다. 이는 나이 들수록 "동안보다는, 동심"을 사모하는 것이 더 좋은 것과 같습니다.

금붕어가 그 작은 어항 속에서 다른 녀석들과 큰 다툼없이 평화롭게 살아가는 것은 기억력이 "똑똑하지 않기 때문"이랍니다. 또한 다람쥐는 애써 얻은 도토리를 땅 속에 묻어 둡니다. 그런데 역시 기억력이 똑똑하지 못한 덕분에 땅속에 오래 있던 그 도토리에서 싹이 나고, 좋은 상수리나무 숲을 이루어 많은 동식물 뿐 아니라, 사람들과 함께 살아가는 복을 누린다고 합니다.

여러분들, 지금까지 그래도 잘 사셨습니다. 격려하고 칭찬하고 싶습니다. 다만 오늘은 잠시 저의 말씀 카페에서 따뜻한 커피 한잔 마시며 저의 이야기를 듣고 계실 뿐입니다. 다만 이제 너무 똑똑하여 자신의 잘못을 돌아보지 못하는 일이 없기를 소망할 뿐입니다. 동시에 "그럴 수도 있지.."라는 내 마음의 쿠션, 또한 "그 사람이 왜 그랬을까?" 라는 질 좋은 쿠션을 새롭게 구입하여 내 삶의 "딱딱한 나무 의자"에 놓았으면 합니다.

에디오피아 속담입니다. "자신의 병을 숨기는 자에게는 약이 없다!!" 그렇습니다. 자신의 잘못을 숨기는 자에게는 인생 처방약이 없습니다. 가끔, "네 탓이야!!"를 "내 탓이네.."로 마음 고치는 것은 관계의 좋은 처방약입니다. 그래서 영국 속담에 이런 말이 있습니다. "자신의 병을 알면 거의 다 나은 것과 같습니다!!" 그렇습니다. 자신을 알면, 자신의 삶의 행복을 새롭게 누리기 시작하는 것과 같습니다. 동시에 드디어 자신의 새로운 행복을 가까운 가족 혹은 이웃에게 나누어 주는 즐거움도 있게 될 것입니다.

그러나 한 가지 간단히 말씀 드려야 할 것이 있습니다. 혹 그 사람이 내가 잘못을 인정하면 즉시 민, 형사 소송을 할 사람이라면 조심하셔야 합니다. 또는 내가 잘못했다고 말하는 것을 계기로 나를 가스라이팅할 사람이라면 더욱 조심해야 합니다. 그 판단의 지혜는 독자님께 맡깁니다. 그런 순간의 선택이 십년을 좌우하기도 할 것입니다.

보배와 같다?!

부부 사이에 "여보"라 부르는 것은 "보배와 같다"라는 의미가 담겨져 입니다. "당신"은 "내 몸과 같다"라는 뜻입니다. "마누라"는 "마주 보고 눕는다"란 말의 준말입니다. "여편네"는 "내 옆에 있네"에서 왔다고 합니다. 그렇습니다. 이런 호칭을 보더라도 세상살이 마지막 까지 내 곁에 남아 있을 보배와 같으며, 내 몸 같은 사람은 부부입니다. 아내입니다. 남편입니다.

그런데 부부 사진을 보면 젊었을 때와 늙었을 때가 좀 다른 듯 하면서도 닮았습니다. 젊었을 때는 아내가 남편에게 기대거나, 기울어져 찍은 사진이 많습니다. 물론 연애할 때는 더운 여름에도 마치 고목나무에 달라붙어 있는 매미처럼 찍었습니다. 그런데 늙었을 때 사진을 보면 남편이 아내에게 기대거나, 기울어져 찍은 사진이 더 많습니다. 좌우간 분명한 것은 부부는 서로 기대며 사는 "공동체"입니다. 서로 의지하며 사는 공동체입니다. 마지막 날 까지.. "유일하게.."

그런데 내 아내, 내 남편을 너무 가까이, 자주, 오래 보다 보니 이제는 "그의 가치와 소중함"을 이미 잊어버리지 않으셨는지요? 혹 가까이, 자주, 오래 내 주머니 혹은 핸드백에 있는 지갑 또는 핸드폰만큼도 그의 가치와 소중함을 인정하지 않고 있으신지요? 그러나 분명한 것은 최소한 당신의 지갑 또는 핸드폰 보다는 더 소중한 존재가 나의 아내요, 나의 남편입니다.

오늘은 작은 들풀을 보면서 이런 시를 쓰신 "나태주 시인"의 마음을 아직 살아 있는 나의 아내, 나의 남편을 향하여 품어 보았으면 합니다. "자세히 보아야 예쁘다 오래 보아야 사랑스럽다 너도 그렇다" 왜냐하면 제가 어느 날, 배우자를 먼저 보내고 지금은 홀로 사시는 분의 이런 푸념과 후회의 말씀을 들었기 때문입니다. "남편과 부부싸움 한번 해 봤으면 좋겠네요. 물론 이제는 불가능하지만 말입니다" 또한 "아내가 차려 주는 밥상을 받아 보며, 고맙네, 맛있어.. 말해보고 싶은데.. 이제는.."

사람들은 보통 "아픔 끝에서 감사"를 배웁니다. 그러나 우리는 "지금의" 평범함 속에서 감사를 배웠으면 합니다. 즉 아직 내 여보가 한 지붕 속에 있음에 감사하세요. 평범한 하루는 지루한 것이 아니라, 실제로는 기적이기 때문입니다. 또한 아직도 요양원, 병원에 가서야 내 여보를 볼 수 있지 않음에 감사하세요. 또 그 반찬에 그 밥이지만 아직 같이 먹고 있음에 감사하세요. 이제는 무릎도가니(?)가 다 달아 없어져 계단을 스스로 내려 올 수 없는 여보에게 손을 내밀어 붙잡고 같이 천천히 내려 올 수 있음에 감사하세요.

혹 지금 "네, 좋은 말씀입니다. 그러나 이 사람하고 몇 일만 살아보세요. 그런 말씀 더 이상 못하실 것입니다!!"라며 인상을 찡그리는 분이 계실 듯합니다. 이해합니다. 왜냐하면 제 아내도 주위 후배들이 "사모님은 이런 목사님과 함께 사시니 너무 좋으시겠어요!!"라고 하면 농담 반, 진담 반으로 이렇게 대답하더라고요. "그래요?! 그러면 한 몇 일만 같이 살아보거라~~" 그래도 아내가 그 후배들에게 망설임 없이 저를 "아낌없이 빌려 주겠다. 데려가라! 나 좀 쉬자!"라는 말은 하지 않으니 다행인지 모르겠습니다.

이건영 에세이

혹 지금 부부 사이가 너무 힘든 분이 계십니까? 저는 이런 말씀으로 격려하고 싶습니다. "결혼이란 상대방보다 우선적으로 내 자신을 알아가며, 내가 성숙해지는 과정이 아닐까?" 하는 생각의 전환입니다. 물론 결혼하므로, 결혼 전 보다 내 배우자의 단점에 대하여 좀 더 알게 되는 것은 당연합니다. 연예할 때 내 애인은 마치 흔들지 않은 식혜의 윗부분처럼 맑고, 좋은 면만 보였을 것입니다. 그러나 결혼 후에는 마치 식혜를 막 흔들어 놓은 것처럼 좋은 면 뿐 아니라, 나쁜 면도 함께 보이기 시작했습니다.

그리고 배우자의 그 모습과 언행이 나쁘다, 판단하기 시작했습니다. 그에게 시정을 부탁하다가, 이제는 요구하기 시작했습니다. 소위 지적질을 정확하게 하면서 내 여보가 바뀌기를 갈망했습니다. 그러나 이제는 거의 포기 상태가 되었는지요? 그러면 이제는 한번 쯤 이런 생각을 해 보셨으면 합니다. 결혼은 내 아내(남편)에 대하여 더 알게 되는 것 보다, 나를 더 알아가는 과정도 있어야 하지 않을까 하는 것입니다. 또한 결혼은 내 아내(남편)을 고치는 계획과 시도보다, 자신이 먼저 변하고자 하는 결단과 시도가 필요한 것입니다.

그 이유는 내 아내(남편)도 "이미" 심히 흔들어진 식혜 같은 자신의 상태를 잘 알고 있기 때문입니다. 그러나 나처럼 들어내 지적질하지 않고, 자신에게 있는 잘못을 확인하고, 내가 모를 뿐이지 "자기 나름대로" 시정하기 위해 노력하고 있을 수 있기 때문입니다. 아니면 반대로 나의 요구를 잘 이해하지 못하고 도피행각으로 취미생활에 집념하거나, 기호 물품에 중독되거나, 외박, 또는 외도에 몰입하다가, 지금은 별거 및 이혼을 꿈꾸고 있을 수 있습니다.

그 어떠한 상황이든 이제 내게 남은 해결책은, 결혼이란 나 자신을 알아가며 성숙해지는 과정임을 인정하는 것입니다. 만일 내가 내 자신을 알아 가고자 하면 내 자신의 장점 뿐 아니라, 자신의 단점도 알게 된 후 시정하는 자아를 발견하게 될 것입니다. 그 결과 부부 사이의 "만족"이란, 물이 목 혹은 머리까지 차는 것이 아니라, 물이 피차 "발목까지라도 차는 것"임을 인정하게 될 것입니다. 즉 피차 "적당한 만족"을 인정하게 될 것입니다.

그 때 부터 지금까지의 "지나친 자기 욕심"을 버리게 됩니다. 그 때 부터 그를 전과 달리 이렇게 수용하게 될 것입니다. "이 사람도 나처럼 장점은 51%이고, 단점도 49%인데.." 그렇게 점점 내 자신의 단점도 알아가며, 적당한 만족으로 감사하는 자신을 보는 것이 결혼이 아닐까요? "진정한 자존감은 그렇게 되어 가고 있는 자기를 발견하고 신뢰"하는 것입니다.

물론 우리는 결혼 전 까지 학교에서 성적관리에 대하여는 배웠지만, 내 "마음관리"에 대하여는 가르침을 전혀 받지 못했습니다. 동시에 결혼전문학원에 입학하여 단 한 학기라도 수료한 후, 결혼 한 분도 전혀 없습니다. 그래서 저의 이런 이야기를 받아드리기에 아직 준비가 되어 있지 않은 분들이 계실 것입니다.

그러나 늦었다 할 그 때가, 시작해 볼만한 때입니다. 시도하지도 않고, 이대로 끝내는 것은 나중에 후회 막급일 것입니다. 그러므로 내가 먼저 "말 다이어트"를 시작해 보세요. 몸 다이어트만큼 내 삶에 유익한 것은 말 다이어트입니다. 둘의 관계가 힘들 때, 혹은 아이들이 있을 때, 또는 같이 차에 동승하고 있을 때, 전과 달리 하고 싶은 말을 좀 참는 것 입니다.

물론 전혀 말하지 말라는 것이 아니라, "해야 할 말을, 간결하게 하는 것" 이 말 다이어트입니다. 또한 "내가 먼저 좀 더 따뜻해지는 것"입니다. 겨울의 그 두껍고 무거운 외투를 벗어 던지게 하는 것은 칼바람이 아닙니다. 따뜻한 봄바람입니다. 외투를 벗으라고 강권하고 명령하지 않아도 봄바람은 "스스로" 벗게 만듭니다.

좀 더 따뜻해지는 방법은 단답형 대화에서, 이제는 "이어지는 대화"를 시도하는 것입니다. 많이 어색하더라도 연애시절, 혹은 허니문 때를 회상하면서 말입니다. 또한 배우자의 취미 혹은 관심사에 지금과 달리 조금이라도 이해하며 동참 하는 것입니다. 또한 지금까지 중요한 집안일을 항상 어르신들, 또는 아이들이 먼저 알았는데, 이제는 내 배우자가 먼저 알 수 있도록 미리 알려 주며 의논하는 것입니다. 그래서 "반려견 보다 못한 반려자"라는 박탈감을 조금이라도 제거하기 위해 "서로" 의식적, 의지적으로 노력해야 합니다.

그 이유는 여보의 뜻은 "보배와 같다"요, 당신은 "내 몸과 같다"는 의미이기 때문입니다. 동시에 내 눈에 들어가도 아프지 않을 내 자식, 내 손자들이 우리를 보면서 붕어빵처럼 그대로 배우고 있기 때문입니다. 그런데 참으로 오랫동안 말 다이어트와 따뜻함을 보이며 인내했는데 전혀 변화의 조짐은 없고, 더 견디기 힘든 상황으로 치닫고 있습니까? 이제는 상담전문가와 상담하는 것을 주저하지 마세요. 가능하다면 다음 주간에 예약하시는 것도 삶의 지혜일 것입니다. 적지 않은 도움이 될 것입니다.

그러나 그래도 견딜 수 없다면 더 이상 "희망고문"을 당하지 않았으면 합니다. 희망고문이란 "이루어지지 않을 것을 알면서도, 될 수도 있을 것 같다는 희망을 주면서 자신을 계속 고문하는 것"입니다. 물론 그 결단의 때를 결정하는 결정권은 자기의 권리요, 자기 의무입니다. 그 결단이 그 무엇, 그 어떤 것이든지 간에 말입니다. 물론 그 결과는 지금의 고난보다 아픔이 더 많을 것을 예상하더라도 말입니다. 그럼에도 불구하고 오늘부터 "새로워진 나와 함께 살아가는 은혜"를 누리시는 분이 많아지기를 기도합니다.

오늘이 내 남은 인생 중에서 제일 젊은 날입니다.

노년, 노인네, 어르신, 뒷방 늙은이, 원로목사 등, 그 어떤 표현이든 이제는 많이 늙고 있다는 것을 받아드려야 할 나이가 되었습니다. "시계, 즉 시간을 돌리는 비법은 없듯이", 살아온 과거를 돌리는 방법도 없습니다. 마음의 정서를 위해 묵상과 기도를 하고, 동시에 적당한 운동으로 몸을 움직여도 분명한 것은, 그럼에도 불구하고 내 마음과 내 몸이 늙고 있다는 신호를 자주 보내고 있다는 것입니다.

몇 년 전, 70이 턱 밑이었던 제 아내가 무릎에 인공연골 수술을 받은 전, 후에 제일 많이 한 말이 이것입니다. "옛날에 어르신이 계단을 내려올 때 어그적 거리며 안전대를 잡으시고 힘들어하는 표정을 보면서 '왜 저러시지?' 했는데, 이제는 내가 그 모습 그대로네요.. 허, 참.. 저도 마찬가지입니다. 일평생 교인들에게 염려 덩어리가 되지 말아야 한다는 강박관념이 습관이 되어 지난 날 뿐 아니라 지금도 나이에 비해 건강한 척 할 뿐이지, 실은 그렇지 않습니다.

제가 얼마 전에 외출을 하면서 핸드폰을 찾고 있었습니다. 안방 여기저기를 찾아도 스마트폰을 없는 것이에요. 그런데 그 때 참 어이없는 내 모습을 보았습니다. 제가 찾고 있던 핸드폰으로 제가 통화를 하고 있었답니다. 그래도 치매는 아니고, 건망증 초기 증세이겠죠? 모두들 지금이 100세 시대라고 말 하지만, 저는 아직 제 주위에서 백세를 넘으신 분이 주일예배에 참석하시는 것을 뵙지 못했습니다.

그러므로 분명한 것은 이제는 "자신의 나이를 받아드림이, 자기 사랑의 시작입니다. 자기 계발의 시초입니다. 자기 성장의 시금석입니다." 그래서 요새 할머니 모델들 중, 자신의 사진을 작업하는 분에게 자신의 주름살을 제거하는 작업을 하지 말아 달라고 부탁하는 분들이 많아졌다고 합니다. 이는 자신이 지금까지 이만큼 살아온 증표이자, 훈장이자, 명예인 주름살을 긍정적으로 받아드리는 자세입니다.

그렇게 자신의 나이 들어감을 받아드리며 긍정적이요, 적극적으로 자신의 삶을 만들어 가는 노년을 이른 바 "거룩한 노화(holy aging)"라고 합니다. 그런데 "거북한 노년"이 아니라, 거룩한 노년을 보내는 분들에게는 한 가지 특징이 있습니다. 그것은 할 수 있거든 자신의 몸을 움직이는 것을 즐겨합니다.

즉 "누죽걸산" 즉 "누우면 죽고, 걸으면 산다!" 이 말이 구호가 아니라, 실천이 되는 삶을 즐기는 사람입니다. 건강한 노년의 돈은 "자기 자산"이 됩니다. 그러나 병든 노년의 돈은 "자녀의 유산"일 뿐입니다. 지금 자면 꿈을 꿀 것입니다. 그러나 "지금 몸을 움직이면 꿈이 이루어질 것"입니다. 즉 가족에게 짐이 되지 않는 꿈, 병원에 자주 가지 않는 꿈, 가고 싶었던 그 곳에 여행하고 싶은 꿈, 음식이 맛있어지는 꿈, 숙면을 하고 싶은 꿈 등이 이루어질 것입니다.

그래서 저는 저의 집에 모든 것이 운동기구가 됩니다. 물론 제 나이에 맞는 운동을 선호합니다. 벽, 의자, 책상, 심지어 옷장도 운동기구가 됩니다. 지금 시범을 보여드릴 수 없는 것이 안타깝습니다. 또한 런닝머신과 기타 간단한 운동기구들도 있습니다. 저는 아파트 34층에 살고 있습니다. 물론 아내와 함께 올라갈 때에는 엘리베이터를 타고 갑니다. 그러나 혼자 올라갈 때에는 매일은 아니지만, 자주 아파트 계단을 이용하여 올라갑니다.

제 숨과 몸이 힘들어하면 5층에서 엘리베이터를 타고 올라갑니다. 그 날 몸 컨디션이 허락하는 대로 어느 날은 10층, 15층, 25층, 30층에서 잠시 숨을 고른 다음, 엘리베이터를 탑니다. 그런데 한 달에 한 번쯤, 어느 날은 대박, 34층까지 걸어 올라갑니다. 그런데 크게 숨차지도 않습니다. 왠일인지 그 이유를 모르겠습니다. 좌우간 성취감이 진짱입니다.

그런 움직임들이 이제는 습관이 되어 일행들과 함께 가는 일이 아닌 이상, 어느 건물, 어느 병원에 가더라고 할 수 있거든 계단으로 올라갑니다. 그래서 의사, 간호사들 중에도 계단을 빠른 걸음으로 이용하며 운동하는 분들이 있음을 알게 되었습니다. 또한 무슨 일이 있어 어디를 가게 되더라도 할 수 있거든 그 목적지보다 조금이라도 먼 곳에 주차하는 것을 즐겨합니다. 좀 더 걸을 수 있으니까요.

그래서 제 근육이 더 단단해졌을까요? 혹 배 나온 것이 좀 들어갔을까요? 아닙니다. 별로 차이가 없습니다. 그런데 한 가지 분명한 것이 있습니다. 그 것은 "내 삶에 만족감, 성취감, 자신감이 더 생기는 것"은 부인할 수 없는 사실입니다. 물론 Active aging (활동적인 노화)을 만들어가는 기쁨도 덤으로 얻게 됩니다. 특히 "Well living 으로 살다가, Well dying 으로 생을 마감할 수 있는 기회를 선물로 받는 것" 같아서 좋습니다.

"목사님, 저는 중병으로 병원에 입원해 있는데 무슨 운동을 할 수 있겠습니까?" 또는 "지독한 암 방사선 치료를 벌써 6차 까지 받으므로 식사조차 제대로 먹지 못하고 있는데 무슨 운동을..?" 충분히 이해합니다. 그런데 이런 말씀을 드리고 싶습니다. 혹 육신적인 운동을 하기 힘드시거든, 정신적인 운동은 하실 수 있다는 것입니다.

그 정신적인 운동이란 현실이 그럼에도 불구하고 내 나름대로 목표를 세우고, 그 목표를 늘 바라보며, 그 목표가 이루어질 때가 있을 것을 기대하고, 기도하고, 기다리다, 기쁨과 기적을 경험하는 운동입니다. 제가 존경하는 선배 목사님이 계셨습니다. 어느 날 혼자 등산을 가셨다가 실족하셔서 큰 부상을 당했습니다. 제가 선배님이 입원해 계신 병원을 찾아가 병문안을 하였습니다.

오래 입원해 계셔야 할 상태인데, 병실 정면 벽을 보니 연말에 모 예술문화회관에서 개최될 오페라 공연의 포스터가 붙어 있는 것이 아닙니까? 병실 벽에 왠 오페라 포스터..? 궁금하여 질문하였더니 그 선배님께서 이렇게 말씀하였습니다. "치료와 회복이 너무 힘들고 오래 걸린데요. 그러나 나는 나 스스로 나의 회복과 퇴원의 때를 정하였답니다. 그 때가 바로 저 오페라 공연 직전이고, 저 오페라 공연에 참석하는 것을 기대하며, 기도하는 마음으로 붙였지요."

그 말씀을 하실 때 그 분의 얼굴에서 환한 미소를 볼 수 있었으며, 저보다 더 밝은 목소리로 말씀하셨습니다. 육신의 근육은 운동을 통해 만들어집니다. 그러나 "마음의 근육은 생각을 통해 만들어집니다." 잘못되고 부정적인 생각과 목표는 자신의 삶의 과녁에 날카로운 칼, 또는 치명적인 총알처럼 날아올 것입니다.

그러나 그 선배님 같은 생각과 목표는 "고통 중에 위로"를 경험할 수 있는 삶의 비법입니다. 이제는 다니던 교회를 출석할 수 없을 정도로 몸이 망가진 어느 70 중반의 권사님이 계십니다. 그는 자신의 집에서도 몸의 고통 때문에 마음대로 움직일 수 없을 정도로 괴로운 권사님이십니다. 그 분이 극심한 고난 중에 쓰신 시를 그의 남편께서 저에게 보여 주셨습니다. 제가 읽어 드리겠습니다. "아주 잠시 서서 걸을 수 있었습니다. 그 잠시가 사라지면 연기가 피어오르듯 스멀스멀 고통이 옵니다. 신음을 동반한 누울 수 있는 특권이 어색하지 아니합니다.

창가의 침대는 환한 햇빛 아래 평안을 보장합니다. 하늘이 보이고 구름이 모였다 흩어지고 바람이 나무를 간질이는 모습도 보입니다. 살아 있는 기쁨을, 어둠 속에서 감사를 배웁니다. 무지 속에서 하나님을 찾고 있습니다. 이제야 현명해지려나 봅니다."

그런데 그 권사님보다 더 하신 분들도 계십니다. 이제는 어찌 어찌하여 독거노인이 되신 분입니다. 하루 종일 자기 자신을 찾아 주는 이 없습니다. 전에는 이 상태가 나의 삶의 바닥이라 생각했는데 지금은 바닥이 아니라, 지하실에 있는 것 같아서 삶이 더 캄캄해진 분이십니다. 그는 에밀리 디킨슨의 이런 말이 자신의 현실처럼 느껴지시는 분입니다. "내가 죽음을 위해 멈출 수 없었기 때문에, 죽음이 친절히도 나를 멈춰 세워 주었습니다."

그러나 그럼에도 불구하고 "인생이란 그런 나 자신을 극복하는 것"임을 다시 인식하셔야 합니다. 그 극복하는 방법 중, 자신의 생각과 삶에 제일 효과적인 방법은 그럼에도 불구하고 방에만 있지 마시고 "다시 움직이시는 것"입니다. 혹 갈 곳이 없으시면 자기 동네에서라도 지나가는 사람들을 구경하면서 천천히 도시는 것이 좋습니다. 또한 또래 분들이 계신 그 공원까지 일부러 가셔서 이것저것 보시면서 걸으시는 것도 좋습니다. 아는 분이 한 명이 없더라도 말입니다.

혹 종교를 가지고 계시다면, 깊게 대화할 분이 없더라도 그 종교기관에 자주 가셔서 사람들과 가벼운 인사라도 하는 것이 몸에도 좋고, 마음에도 유익합니다. 그 이유는 동물과 식물에게 "페로몬"(pheromone), 즉 같은 종의 생물들끼리 의사소통을 위해 내뿜는 화학적 물질이 있기 때문입니다. 예를 들면 개미 혹은 식물이 "말로 대화를 할 수 없어도" 고유한 냄새를 풍겨서 서로 의사소통이 가능하다는 것입니다.

마찬가지로 사람들에게도 페로몬이 있습니다. 그래서 서로 대화를 할 수 없는 처지라고 해도, 걸으면서 주위 사람들을 보며 "마음으로" 그 사람들과 대화할 수 있습니다. "안녕하세요? 저도 당신처럼 중년시절이 있었답니다. 참 좋은 때이십니다.." 또는 걷고 있는 자신에게 내 자신이 대화를 걸 수 있습니다. "건영아, 아직 이렇게 걸을 수 있음이 행복하지? 그래, 오늘 니 모습에 만족했으면 좋겠어.."

분명한 것은 "오늘이 내 남은 인생 중에서 제일 젊은 날"입니다. 이 말을 자신 마음의 비석에 새기고 지난 주간보다는, 조금은 더 후회 없이 살아가는 이번 주간이 되시기를 소망합니다.

"저 분이 나에게 왜 이러지..?!"

세상이 바뀌도 많이 바뀐 모양입니다. 말도 되지 않는 이야기인데, 소와 사자가 서로 사랑했다고 합니다. 서로 죽도록 사랑하니까 할 수 없이 그 둘의 부모님도 결혼을 허락하였다고 합니다. 결혼 후, 소는 사랑하는 사자에게 "매일" 풀을 맛있게 요리하여 대접하였습니다. 사자는 사랑하는 소가 주는 음식이라 먹을 수 없고 맛도 없지만 불평 없이 인내하며 다 먹었습니다. "끄~윽.." 만족의 트림까지 하면서 말입니다.

반면 사자는 사랑하는 소에게 최선을 다해 자신이 사냥한 살코기를 정성으로 요리해 주었습니다. 물론 소는 그 고기요리를 먹을 수 없었으나, 불평하지 않고 오직 사랑의 힘을 의지하여 억지로 먹었습니다. "쩝쩝~~" 소리까지 내면서 말입니다. 그러나 시간이 지나면서 소와 사자는 더 이상 참기 어려웠고 결국 결단을 내리고 말았습니다.

그리고 헤어지면서 서로 똑같은 말을 중얼거렸다고 합니다. "난 최선을 다했는데.. 저 소(사자)가 문제가 많아, 참으로 많아.. 우리는 천생연분이 아니라, 평생원수였던 모양이야..?! 인연이 아니라 이년이었나?"라면서 말입니다. 우리의 인간관계도 비슷한 것 같습니다. 나는 잘해 준 것 같은데, 상대는 정작 상처를 받는 경우가 많습니다. 나는 최선을 다했다고 확신하는데 상대는 만족하기는커녕, 내 곁을 떠나려고 하는 것이 인간관계, 부부관계, 부자지간인 것 같습니다. 그 원인은 무엇이겠습니까?

아마도 우리들이 성장하면서 "가정 혹은 학교에서 입장을 바꾸어 생각하는 훈련"을 받지 못하였기 때문일 것입니다. 그래서 갓 4살이 되는 딸이 엄마의 질문을 받았을 때, 그 어린 녀석이지만 때론 자기 엄마를 의식하고 엄마의 마음을 읽으면서 대답한다고 합니다. 그래서 그 어린 딸이 엄마의 말에 대하여 다른 말로 돌려대거나, 혹 가벼운 거짓말을 한다고 합니다. 그 때 대부분의 엄마는 즉시 책망을 합니다. 그런데 실은, 그 때 도리어 그 딸을 격려하고 칭찬해야 하는데 말입니다.

그 이유는 내 딸의 그런 반응은 최소한 내 딸에게 자폐증상이 없다는 증거요, 동시에 이제는 엄마와 교감하며 엄마의 마음을 읽을 줄 알기 시작했다는 증표이기 때문입니다. 그래서 도리어 입장을 바꾸어 생각하며 어린 딸이 좋아하는 것을 사주며, 축하해야 하는데 말입니다. 또한 일본 아이들은 어려서 부터 "상대방"을 향한 배려에 대해 교육을 받습니다. 미국 아이들은 상대방을 향한 감사 또는 미안함을 표시하는데 익숙해지는 교육을 받습니다.

그러나 다 그런 것은 아니지만, 우리나라 아이들은 어려서 부터 상대방에게 "지면 안된다!! 맞고 들어오지 말고, 때리고 들어와라!!!" 교육을 은근히 받아 왔습니다. 더 나아가, "대부분"의 중학교, 고등학교, 대학교에서 윤리와 도덕은 찬 밥 신세가 된지 오래되었습니다. 그저 몇 몇 종교단체의 가르침을 통해 상대방을 헤아려야 할 것, 그리고 상대방을 향한 예의를 지킬 것, 또는 상대에 대하여 감사 혹은 미안함을 표현하는 것을 배운 "소수"가 있을 뿐입니다.

그러나 그 소수들도 이 한국사회의 "대세", 즉 상대의 입장에서 생각한 후, 말하고 행동하는 것을 "바보스럽게 여기는" 강력한 흐름 속에서, 이제는 마치 죽은 고기처럼 같이 떠내려가고 있습니다. 거기에 국민들에게 본이 되어야 할 정치인들은 오직 자기주장, 자기 편 이익, 즉 "집토끼만을 위해" 때론 시장잡배보다 못한 언행을, 얼굴 안색 한번 바뀌지 않거나, 반대로 얼굴을 붉히며 맹세까지 하며 강변하고 있습니다.

그런데 그런 정치인들의 모습을 보면서 비판, 비난하던 국민들도 어느새 그들을 통해 사회적 학습을 받아서 이제는 이념적으로 "한 나라, 두 민족"이 사는 것 같은 한국사회가 되고 말았습니다. 그 결과 가정, 사회 각 분야에서, 심지어 교회에서 까지, 입장을 바꾸어 생각한 후, 배려하는 언행이 거의 사라지고 말았습니다. 그러나 우리가 분명히 명심해야 할 것이 있습니다.

그것은 "예수님의 성육신과 십자가"는 입장을 바꾸어 내린 결단이요, 그 결과는 온 인류의 영육에 큰 유익을 끼쳤다는 진리입니다. "그는 근본 하나님의 본체시나 하나님과 동등됨을 취할 것으로 여기지 아니하시고 오히려 자기를 비워 종의 형체를 가지사 사람들과 같이 되셨고 사람의 모양으로 나타나사 자기를 낮추시고 죽기까지 복종하셨으니 곧 십자가에 죽으심이라"(빌2:6-8)

예수님은 근본 하나님의 본체이십니다. 즉 "성부 성자 성령께서는 각각 삼위로 계시나, 영광과 능력과 지위에 있어서 동일한 한 하나님이십니다.

즉 삼위일체 하나님"이십니다. 그런데 예수님은 하나님과 동등됨을 취할 것으로 여기지 않으셨습니다. 즉 "이미 하나님과 동등 되심의 자격을 소유하고 계셨지만 그 지위를 계속 고수하시기 않고 스스로 자신을 비워 인간"이 되셨습니다. 그 이유는 죄와 사망 그리고 지옥으로 치닫고 있는 인간의 처참한 입장을 보시며 결단을 내리신 것입니다.

드디어 자신을 비워 종의 형체요, 사람들과 같이 되셨으며, 자신을 낮추시되 죽기까지 복종하셨습니다. 여기서 "비우다"란 의미는 하나님의 영광스러운 지위를 "버렸다"는 것이 아닙니다. 다만 인간의 처참한 입장을 생각하시사, 하나님이라는 영광스러운 지위를 "잠시 뒤로 한 채" 사람들을 위해 종의 형체를 가지시고 심지어 죽기까지 복종하셨습니다. 그런 예수님을 조금이라도 닮아가는 분이 성도요, 예수님의 제자입니다. 바로 당신입니다.

그러나 우리 주위에는 "당신이 나에게 이럴 수 있어?! 이건 사람이 아니라, 짐승이 할 짓인데.. 이제 다신 보지 맙시다!!"라고 내 뱉어 버리고 싶은 사람도 있습니다. 그런데 만일 내가 그대로 말해 버리면 그 상대에게서 거의 같은 수준의 반응이 있을 것입니다. 즉 그 상대의 "혀 밑에 날카로운 도끼가 있다"는 것을 경험하게 될 것입니다. 심지어 인생 살다보면 내 자신이 그렇게 험한 말과 나쁜 행동을 하지 않았더라도 특별한 이유 없이, 혹은 크게 오해한 후 지독하게 나를 괴롭히는 사람도 가끔 있습니다.

그런 지독한 상황 때문에 너무 힘들어 하던 어느 분께서 하나님께 간절히 기도하였는데, 하나님께서 기도 응답으로 이런 마음을 주셨다고 합니다. "애야.. 그 사람은 나도 감당하기 힘든데, 니가 어떻게 하겠느냐? 너무 애쓰지 말라.. 나 뒤라, 네 마음과 몸이라도 더 상하지 않도록 말이야.." 그러므로 이제는 이런 마음 훈련을 시작해 보면 조금은 좋아지지 않을까 예상해 봅니다. 그 마음 훈련은 "저 분이 나에게 왜 이러지?!"입니다. 즉 그 관계 아픔 속에서 그 사람이 아니라, 도리어 오랫만에 혹은 처음으로 자신에게 이렇게 질문해 보는 것입니다. "저 분이 나에게 왜 이러지?" 몇 번 그런 질문을 해 보며 묵상하면, 그 때 부터 상대방을 향한 이해가 조금이라도 생기게 될 것입니다.

동시에 자신의 지금까지의 판단에 대한 이해도 새로워질 것입니다. 그 결과 "나도 이런 부분은 잘못한 것이 아닐까?.."하는 의식이 생기게 됩니다. 다시 말씀드리면 "나는 최선을 다했는데, 저 사자(소)가 문제가 있는 것이 분명해.."라는 의식에서 벗어날 수 있을 것입니다. 그 때 부터 마음과 입으로 범하는 그를 향한 불평, 비난, 증오의 죄를 조금이라도 덜 짓게 될 것입니다.

그 후, 그와의 화목을 위한 작은 시도라도 시작될 것이며 그 결과는 성령님께서 인도해 주셔서 합력하여 선을 이루는 순간이 맛보게 될 것입니다. 그래서 이런 수학공식이 있습니다. "5-3=2" 라고 합니다. 즉 오해를 할 수밖에 없는 상황에서 3번만 상대방의 입장에서 생각하는 훈련을 하면, 이해의 마음이 싹트기 시작할 것이라는 인생 관계 공식입니다.

"너 자신을 알라!"라는 말의 뜻은 무엇일까요? 그 의미는 "나는 왜 늘 인간 관계가 이렇게 안 풀리고 힘들까? 내 운명일까? 팔자일까?" "나는 왜 태어날 때부터 재수 없는 흙수저이었을까?" 자책하라는 것이 아닙니다. 너 자신을 알라는 것은, 자신이 조금은 더 나은 사람이 될 것을 꿈꾸라는 것입니다. 그리고 이제는 그렇게 말하고, 행동하라는 것입니다. 단, 자신만큼은 아니지만, 그래도 그 사람을 이해하고자 하는 마음으로 말입니다. 즉 그 사람 입장에서 생각하고 해석하는 삶의 여유가 자신을 더 좋은 사람으로 만드는 비결이 될 것입니다.

"목사님, 그런데 제가 지금 당하고 있는 그 사람과의 아픔은 오해가 아닙니다. 일방적인 언어폭력, 신체폭력, 사실왜곡 폭력이라니까요?" 그렇다면 저도 무엇이라 확실한 해답을 말씀드릴 수 없습니다. 아마도 교회법, 혹은 사회법으로 가서 판결이 나와야 끝이 날 수 있을 것입니다. 그러나 그 때, 판결이 나겠지만 억울하게 졌다고 생각하는 측은 그 결과를 받아드리지 않을 것입니다. 아마도 마지막 하나님 심판대에 가서야 그 분쟁의 온전한 결과는 끝이 날 것입니다. "네가 어찌하여 네 형제를 비판하느냐 어찌하여 네 형제를 업신여기느냐 우리가 다 하나님의 심판대 앞에 서리라"(롬14:10)

아마도 우리는 지금까지 살아오면서 몸에 보기 싫은 상처를 한, 두개씩은 다 갖고 있을 것입니다. 그러나 시간이 지나면서 그 상처를 일부러 보지 않는 한, 이제는 사는데 큰 지장이 되지 않고 있습니다. 인간관계의 큰 상처도 마찬가지입니다. 그러므로 더 이상 일부러 그 상처를 쳐다보지 마세요. 현미경으로 크게 확대하여 보지 마세요.

시간이 지나면서 점점 잊혀 질 것이기 때문입니다. 그리고 내 자신은 그 상처로 좀 더 성숙되어져 그런 관계 상처로 아파하는 사람들에게 좋은 조언자요, 아름다운 동행자가 될 것입니다. 그러므로 이제 중요한 것은 지금의 그 가정생활 혹은 사회생활에서의 관계 아픔 흐름을 확 "바꾸기 보다는, 천천히, 그리고 서서히, 피차 물들여 가야 한다"는 것을 인정하는 것입니다. 즉 이제부터 좀 더 시간에 자신을 맡기시면 좋겠습니다.

마치 권투선수가 한 방 어퍼컷을 노리기보다는, 잽을 많이 때리다가 결국 상대선수를 무너트리듯이 말입니다. 왜냐하면 그런 변화와 바뀜은, 100 미터 달리기가 아니라, 긴 마라톤 경주와 같은 시간이 필요하기 때문입니다. 그러므로 독자님께서 이런 말씀을 통해 자신이 "조금씩, 그리고 천천히" 물들어 가시는 나날이 있었으면 좋겠습니다. 그 이유는 대부분의 사람들 즉, 내 자신이나, 그 사람이나, "생각의 속도"보다, 그 생각을 실천하는 "언행의 속도"가 늦기 때문입니다.

그러면 내 예상보다 조금은 긴 시간을 보내야 하는 우리에게 하나님은 무엇이라 말씀하실까요? 그것은 "내게 물어보라! 그리하면 내가 대답할 것이다!"입니다. 즉 나는 하나님께 물어보고, 아버지 하나님은 내게 응답하시는 것을 훈련 받으면 좋습니다. 시편기자의 고백입니다. "내가 여호와께 간구하매 내게 응답하시고 내 모든 두려움에서 나를 건지셨도다"(시34:4) 또한 요나의 고백입니다. "이르되 내가 받은 고난으로 말미암아 여호와께 불러 아뢰었더니 주께서 내게 대답하셨고 내가 스올의 뱃속에서 부르짖었더니 주께서 내 음성을 들으셨나이다"(욘2:2)

이렇게 성경이 증거 하는 성도와 하나님과의 관계는 대화 불통 관계가 아니라, 대화 소통의 관계입니다. 내가 물어보거나, 부탁드리면, 하나님은 "들으시고" 반드시 말씀으로 "대답"하십니다. 즉 환상, 꿈, 예언, 혹은 직접 음성으로 들려주시기 보다는, 매 주일 듣고 있는 설교 말씀, 또는 읽고 있는 성경으로 대답하십니다. 혹은 암기하고 있는 그 성경말씀으로 확증을 주실 것입니다.

꽃은 향기와 색상에서 좋고, 나쁨을 구별할 수 있습니다. 옷감은 염색의

질에서 좋고 나쁨을 구별할 수 있습니다. 마찬가지로 사람은 그의 말투에서 좋고 나쁨을 구별할 수 있습니다. 그런데 어떤 말이든 그 말이 내 입에서 나오기 전, 자신의 뇌를 거쳐 나옵니다. 그러므로 내가 하는 말은 내 뇌에 담겨져 있던 말입니다. 그러므로 나의 혼과 영, 관절과 골수를 쪼개기 까지 한 후, 내 마음과 뜻을 지도하시는 내 뇌에 살아 있는 성경 말씀(히4:12)에 자신의 언행을 맡기는 훈련에 성공하시기를 소망합니다.

89

부부생활은 명사가 아니라, 동사입니다.

결혼은 어느 날 "선물처럼" 주어지는 것 같습니다. 그러나 그 후"부부로 산다는 것"은 선물이라기보다는, "만들어가는 것"입니다. 이루어내는 것입니다. 그러므로 부부생활은 명사가 아니라, 동사이어야 합니다. 결혼 후, 부부로서 그렇게 만들어가는 것이 마땅한데 아마도 지금 이런 마음이 드는 분들도 있을 것 같습니다.

"배우자가 귀찮은 생각이 이전보다 더 들고, 이제는 혼자만의 시간을 갖고 싶을 때가 많아지네요." 그래서 "나는 자연인이다", 에 출연하는 산에서 홀로 사는 주인공, 또는 아무 대책도 없이 혼자 훌쩍 여행을 떠난 친구가 부러워지는 것을 부인할 수 없네요. 또한 우리 부부는 정말 대화가 거의 없어졌고 지금은 무미건조한 하루하루를 보내고 있지요. 이제는 "잘 잤나?" "밥 먹어요.. 그래 고마워.."라는 말도 금기사항처럼 되 버렸네요. 다만 대화라고는 자주, 아니 가끔, "대 놓고 화내는"것 밖에 없습니다. 그래서 이제는 그나마 남아 있었던 "전우애"까지 없어져 버렸답니다.

그 결과로 인하여 동사 중, 부정적 동사인 "부부싸움"이 일상이 되었거나, 또는 서로에게 서로가 더 이상 필요하지 않거나, 또는 이제는 "귀찮은 존재가 되어" 부부싸움까지 포기한 상태로 살아가십니까? 그래서 이제는 그저 가족, 혹은 교인, 또는 친구들을 향한 체면 때문에..? 아이들 때문에..? 부모님 때문에..? 독자님은 그렇게 살아가고 계십니까? 그래서 어르신들이 하신 말씀들 중, 이런 말씀이 생각나기도 합니다. "부부 싸움하는 꿈을 꾸면, 오랫동안 관계가 틀어지게 된다는 신호라잖아?! 길몽이 아니라, 흉몽이지.."

그렇게 꿈이든, 아니면 현실이든, 부부싸움은 좋은 결과가 없는 것이 분명한 것 같으나, 반대로 부부싸움을 이렇게 말하는 분들도 많습니다. "부부싸움은 칼로 물 베기죠.." 이 말은 무슨 뜻일까요? 부부라면 종종 서로 말로 싸울 수 있습니다. 그러나 그렇게 싸움을 하여도 다른 사람들과의 다툼보다, "쉽게 다시 화합 혹은 하나 될 수 있는 관계"라는 의미일 것입니다. 마치 칼로 물을 쳐도, 물은 생각보다 빨리, 그리고 쉽게 붙어 버리듯 말입니다.

그런데 부부가 싸워도 다시 사이가 회복되어지는 관계가 되기 위해서는 "최소한의 부부싸움의 원칙을 준수"해야 합니다. 몸을 수술할 때 피를 수혈하듯이, 카페에서 커피로 힘든 마음을 수혈하듯이, 이 시간 성도님께서 부부싸움의 원칙을 수혈하여 부부사이 뿐 아니라, 심지어 자신의 인생이 "다시 회복기에" 들어가는 은총이 있으시기를 소망합니다. 이는 최소 4가지의 원칙입니다.

가정에서 마른 떡 한 조각만 있고도 화목 하는 것이 제육이 집에 가득하고도 다투는 것 보다 나을 것입니다.(잠17:1) 그런데 이 "화목"이란 단어의 뜻은 마치 올림픽 혹은 세계선수권대회에서 1등, 즉 금메달 시상대에 한 명이 아니라, "기록이 똑같아" 두 명이 함께 올라가 만족한 미소와 행복한 표정으로 꽃다발을 흔드는 것을 연상하시면 됩니다. 서로 원,원한 것입니다. 그러기 위해 4가지 원칙을 적용해 보세요.

1. "부부싸움은 말로만 해야 합니다." 신체폭력은 철저히 배격해야 합니다. 혹 신혼 초에 배우자가 폭력적인 사람이라는 것을 알게 되었다면 영화 또는 만화의 제목, "인정사정 볼 것 없다!" 의 주인공 이상으로 대항하며 결코 폭력은 허락하지 않음을 보여 주어야 합니다. 그 이유는 결혼생활 중반에 그것을 고치는 것은 거의 불가능하기 때문입니다. 동시에 폭력적인 아빠, 혹은 엄마를 보고 자란 자녀들은 자신은 커서 결코 아빠, 엄마처럼 살지 않겠다고 다짐하면서도, 결혼 후 어느 덧 닮아가는 불행한 경우가 예상보다 많기 때문입니다.

요새는 신체 뿐 아니라, 언어도 폭력적으로 날아오는 시대입니다. 언어폭력을 자제하지 못하면 그것은 부부싸움이 아니라, "부부 전쟁"이 되고 말 것입니다. 쌍소리, 또는 쌍방통행이 아닌, 일방통행식 외침과 외마디, 또는 상대방의 "인격을 철저히 무시하는 말" 5분이, 아내 혹은 남편에게는 50년이 갈 수 있기 때문입니다. 마치 "플라스틱 그릇이 땅에 버려지면" 50년이 지나도록 썩어 없어지지 않듯이 말입니다.

이런 말들은 언어폭력입니다. 외모 혹은 말투가 마음에 들지 않는 아내에게 "야, 이제는 이 집안 구석에 미인계는 없어지고, 오직 오골계만 남았구면! 오골계!!!" 이는 50년 가는 말입니다. "당신 친구 그 여집사님은 식사 전에는 마르다처럼 요리를 잘하고, 식사 후에는 마리아처럼 조신하게 남편을 대한다고 하는데 당신은 영..?!" 50년 가는 말입니다. 남편에게 "당신은 돈 벌어오는 것 빼고, 나와 가족을 위해 해 준 것이 무엇이 있어요?!" 이는 플라스틱처럼 50년 갈 수 있는 말입니다.

그러므로 우리가 그런 언어폭력 및 신체폭력의 원인이 되는 "갑작스러운 분노"를 다스릴 수 있는 능력을 소유하는 것은 참된 지혜요, 권능입니다. 미련한 자는 당장 분노를 나타냅니다. 그러나 슬기로운 자는 수욕을 참습니다. 오늘 나만이라도 "부부사이는 일방적인 통보와 분노 보다는, 한 걸음 뒤로 물러나 설득과 이해가 필요한 관계"임을 한번 묵상하는 시간이 되었으면 합니다.

2. "부부끼리 싸움을 해야지, 자녀를 지원군으로 끌어 드리지 말아야 합니다." 혹 평소 자기편이라고 생각했던 그 아들이 들으라고 큰 소리로 싸운 적이 계신지요? 또한 최악의 경우이지만, "내 말이 틀린지, 아닌지, 우리 딸에게 한번 물어나 보자!!" 혹은 "그래, 그럼, 애들 모아 놓고 우리 싸움 내용에 대하여 그 녀석들의 의견을 물어보자!!"하는 것입니다.

부부싸움 중, 자기 방에서 공부하는 척, 자는 척 하지만, 엄마 아빠의 싸우시며 외치는 큰소리는 마치 자기 곁에서 연속적으로 폭탄이 터지는 것 같은 공포에 휩싸이는 자녀를 기억해야합니다. 자녀들 앞에서 절제하지 못하는 말들은 언어폭력을 넘어, "나는 절대 저런 결혼 따위는 하지 않을꺼야!!"라는 치명적 다짐을 줄 뿐입니다. 실제로 심하게 싸우시는 부모님을 자주 보며 자랐던 어느 분께서, 자신의 어린 자녀시절을 회상하며 하신 말을 들어보세요. "어렸기 때문에 엄마 아빠의 싸움은 정말 공포 그 자체였고, 가출충동을 넘어, 자살충동까지 생겼습니다.."

혹 프로레슬링 선수 2명이, 한 명과 싸워 이겼다 해도, 그 결과는 야유와 비난뿐일 것입니다. 그러므로 곁에 자녀들이 있거든 그를 지원군, 또는 응원단으로 악용하지 말고, "자녀들이 집에 있으면" 입술에 피 나도록 깨물면서라도 싸우지 말아야 합니다. 심지어 그 순간, 아내라면 집안에 있는 자녀를 마치 심판의 하나님처럼 "두렵게" 생각해야 합니다. 반대로 남편이라면 자녀를 까다로운 회사 사장님처럼 "무섭게" 여기며 절제의 능력을 발휘해야 합니다.

자녀들 앞에서의 잦은 부부싸움은 그들에게 마치 "계속 독약을 더 먹이는 것"과 같은 행위이기 때문입니다. 그러다 결국 "아들은 그런 아버지의 붕어빵이 되고, 딸은 그런 엄마의 복사판이 될 가능성"이 농후해 질 것이기 때문입니다. 그 순간 절제할 수 있는 방법 중, 제일 좋은 것은 일단 "그 자리를 피하는 것"입니다. 마치 그물에 걸린 새가 그 그물에서 빠져 나오고자 몸부림치듯이 그 자리를 피하면, 그래도 내 자녀를 보호하고, 그래도 지금의 그 정도의 가정이라도 지킬 수 있을 것입니다.

"서로를 화나게 한 그 주제만 가지고 다투는 훈련을 해야 합니다." 즉 지금 부부싸움하는 본질보다, 비본질에 집착하기 시작하는 나를 이제라도 버리는 훈련을 해야 합니다. 혹 아들이 지독하게 공부하지 않고 게임 중독에 빠진 문제로 부부싸움을 하고 있을 때, "말이 딸린다고" 뜬금없이 아내 혹은 남편의 학창시절의 성적, 출신학교, 친구관계 등을 들먹이며 덧붙이는 것은 백해무익합니다.

특히 배우자의 신체적 약점, 지난 날 가정적 아픔, 학벌, 용모, 신앙생활, 무엇보다도 생활비를 넉넉히 가져오지 못하는 것을 끄집어내는 것은 비열한 짓입니다. 바보들의 행진입니다. 혹 길거리에 지나가는 남자들, 혹은 여자들이 나에게 아무런 이유도 없이 단 만원이라도 주는 경우가 있을까요? 거의 없을 것입니다. 그런데 만원의 수 백 배를 매월 갖다 바치고 있는데,

생활비 타령은 정말 더 이상 대책이 없는 싸움이요, 피차 마음으로 별거, 또는 삶의 별거의 원인이 되어 몇 주, 몇 달 대화조차 없는 어두움이 낮게 깔리는 가정이 될 뿐입니다.

"그러나 목사님, 우리 부부는 이제 차라리 헤어져 혼자 사는 것이 좋은 해결방법입니다!!" 혹 만일 그런 결단을 내리고 싶다면, 지금 혼자 사시는 분을 찾아가 그의 "솔직한 마음을 들어보시면" 그렇게 함부로 말씀하지 못할 것입니다. 옛날 삼류극장이 그랬지, 일류극장은 결코 동시상영을 하지 않았음을 기억하며 지금 그 부부싸움의 주제만 가지고 이야기하는 지혜와 결단이 있어야 합니다. 그래서 삼류극장처럼 동시상영하지 않는, 그래서 자기 부부사이를 점점 일류로 만들어가는 과정이 있었으면 합니다.

"부부싸움을 할 수 있거든, 그 날로 끝내야 합니다." 분을 내어도 죄를 짓지 말며 해가 지도록 분을 품지 말고, 집안을 흔드는 마귀에게 틈을 주지 말아야 합니다.(엡4:26-27) "분을 내어도 죄를 짓지 말라"는 것은 그만큼 같이 살았으면, 또한 그 정도 나이를 드셨으면, 이제는 노하기를 더디 하는 부부가 되라는 권면입니다. 그 이유는 분노는 분명 부부싸움을 "그릇된 방향으로 변질"시키는 주 원인이 되기 때문입니다.

"해가 지도록 분을 품지 말라"는 것은 모든 다툼도 그렇지만, 특히 "부부싸움 유통기간은 그 날 밤까지"라는 의미입니다. 부부싸움의 시간제한은 그 날 늦은 밤까지 입니다. 그 이유는 첫째, 피차 더 큰 분노 및 더 큰 죄를 짓지 않기 위함이요, 둘째, 부부싸움을 악용하는 마귀의 시험에 걸려 넘어지지 않기 위함입니다. 마치 전쟁 같은 프로야구의 연장전도 "그 날로 끝내기 위해" 12회가 되면 이유 없이 종료되는 것과 같습니다. 또는 프로야구

연장전도 그 날 밤 11시 경에는 거의 끝나듯이, 할 수 있거든 오늘을 넘기지 않는다는 철칙을 갖고 실천해야 합니다.

특히 상대는 어떨지 몰라도, 나만큼은 절대로 오늘을 넘기지 않는다는 결심이 있다면 분명 그 다툼의 산불이 더 확산되지 않고 진화되어 그래도 잘 만한 밤을 보내게 될 것입니다. 그 때 사, "불안한 마음으로 자는 척하던 자녀들도 숙면을 취하게 될 것"입니다. 그리고 자신은 취침 전, "명상이 아니라, 이런 묵상을 하게 될 것"입니다.

명상은 마음을 비우는 것이지만, 묵상은 마음을 비우고 그 속에 하나님께서 주시는 말씀과 위로로 채우는 경건입니다. "그래, 나는 오늘 잃은 것도 있지만, 내 곁에 아직 남은 것, 그것이 있잖아.. 그래서 그래도 나는 아직 행복하다고 생각하는 내가 행복한 사람이지.." 이렇게 긍정적 사고를 하는 남편, 혹은 아내에게는 결국 가정을 파괴하고자 하는 악한 마귀도 슬그머니 꼬리를 내리며 뒷걸음 칠 것입니다. 동시에 성도님은 부부싸움도 유통기한이 있고, 그것을 잘 지키는 것이 행복이라는 것을 다시 한번 확인하게 될 것입니다.

결혼 후, 부부싸움이 전혀 없는 가정은 거의 없을 것 입니다. 물론 그래도 아주 조금은 있을 것 같지만 말입니다. 그런 가정은 사시는 지역에서 "마치 천연기념물 같은 부부"일 것입니다. 그럼에도 불구하고 전혀 부부간에 다툼이 없는 가정은 혹, 아마도, 한편이 완전히 죽어 사는 부부일 수 있습니다. 아니면, 반대로 한편이 옛 군주처럼 군림해 있기 때문일 수 있습니다. 즉 마치 임금과 신하와 같은 관계로 전락한 부부일 것입니다. 그러므로 "어느 면으로는" 부부싸움을 인정하고, "그 다툼을 잘 할 줄 아는 부부"가 건강한 가정을 만들어가는 멋진 한 쌍일 것입니다.

인생은, 마치 숲 속에서 어디로 가야 할 것인가 망설일 때 눈앞에 분명히 보이는 이정표와 같지 않습니다. 도리어 모래바람으로 인하여 갈 길이 자주 바뀌거나, 전혀 보이지 않는 사막과 같습니다. 그러나 변화무쌍한 사막 길 같은 가정과 부부의 삶이라 할지라도 이 "부부싸움의 4대 원칙에 관심과 진심을 보인다면 천심도 동하게 될 것"입니다.

동시에 부부 피차 무엇을 더 바라기 보다는, 지금 그럼에도 불구하고 "아직 함께 살고 있음에 대한 감사"가 회복되며 더욱 좋은 부부 될 것입니다. 그 이유는 지금 한국의 가정에 약 3분의 1 정도는 여러 가지 이유로 이미 홀로 되셨고 그래서 지금 이렇게 속으로 말씀하는 분이 계시기 때문입니다. "이 글은 내게 해당이 되지 않는 이야기이네.. 그래도 그 남편, 또는 아내가 곁에 있을 때가 더 좋았지.. 나도 한번 부부싸움 해 봤으면 좋겠다.."

분명, "고통 끝에 소통이 옵니다. 그리고 소통 끝에 형통이 올 것"입니다. 그러므로 자신의 가정 및 부부생활이 너무 힘들더라도 이런 삶이 아직 끝이 아님을 선포하며, 때가 차면 좋은 날이 올 것이라 여기시기를 소망합니다. 동시에 앞으로가 아니라, "오늘의 내 모습 그대로" 내 자신을 사랑하면 좋습니다. 나를 격려하며 꼭 껴 앉아 주시면 좋습니다. 그래서 상황이 그럼에도 불구하고 나는 여전히 "소중하고, 유일한 존재라는 자존감"이 회복되시기를 소망합니다.

"이미 잃은 것 보다,
아직 남아 있는 것을 발견하세요"

갈등이란 단어의 뜻을 아시는지요? "갈"은 칡을 의미합니다. "등"은 등나무를 뜻합니다. 그런데 칡은 본능적으로 왼쪽으로 감아 오릅니다. 그러나 등나무는 본능적으로 오른쪽으로 감아 오릅니다. 또한 칡꽃은 위를 향하여 핍니다. 그러나 등나무 꽃은 아래쪽으로 핍니다. 그러므로 칡과 등나무의 자라나는 방향이 조화를 잘 이루면 서로가 서로에게 의지가 되고 유익할 것 입니다.

그 결과 둘은 아름다운 동행을 하게 되며, 행복한 열매를 맺게 될 것입니다. 그러나 이 두 나무의 성장하는 방향이 조화를 이루지 못하면, 서로 자기 쪽으로만 잡아당기면서 부조화를 이루고 말 것입니다. 그 결과는 서로 미움과 불행을 자초하는 동행이 되고 말 것입니다. 그러므로 갈등을 최소한으로 줄이기 위해서는 "일보다 관계를 소중히 여기며, 늦더라도 같이 가고자 하는 결단"이 필요합니다.

그런데 갈등, 이는 마치 우리가 코로나 기간 외출하려면 당연히 마스크를 썼던 것과 마찬가지로, 우리가 이 인간사회에서 살아가려면 당연히 갈등을 만나게 될 것입니다. 사람과의 갈등, 주어진 환경과의 갈등, 심지어 자신과의 갈등 등으로 우리는 지쳐가고 있습니다. 그 결과 때론 낙담 후 포기를, 반대로 분노 후 무절제를 보입니다. 그러다 이제는 스스로 무너져 가는 분들도 계십니다. 그래서 극단적 선택을 한 사람의 용기를 부러워하는 사람도 생겼습니다. 때론 "혹 신이 계신다면, 도대체 내게만 왜 이러세요?!"를 중얼거리는 분들도 생겼습니다.

우리가 당하는 많은 갈등들 중, 특히 회사의 상관, 또는 가정의 윗 어르신과의 갈등이 큰 문제입니다. 지금의 그런 분과의 갈등은 그 곳이 회사이든, 가정이든, 어느 조직이든 그 분의 권위를 "무시"함과, 동시에 과격한 언행을 통한 "도전"으로 해결될 문제는 아닙니다. 도리어 그 분의 권위를 "인정"하고, 정중히 "부탁"하는 것으로 해결해야 합니다. 인정하고 부탁하는 것이 좋은 까닭은 사람은 감정의 동물은 아니나, 감정이 있기 때문입니다.

그 분의 감정에 그렇게 정중히 호소하는 것은 의외로 좋은 결과를 얻을 수 있습니다. (상관) "이걸 일이라고 했나? 도대체 머리는 어디다 내던져 버리고, 그 자리에 앉아 있어!!" (본인) "미안합니다. 다시 준비하겠습니다. 그런데 혹 저에게 이 일에 대하여 좋은 지혜나 조언을 주시면 감사함으로 받은 후, 다시 잘 준비하겠습니다." 왜냐하면 쫄다구가, 깡다구가 쎄면, 언어의 귀싸대귀를 맞을 확률이 많기 때문입니다.

그러므로 우리에게는 내 감정의 기복이 극단적일 수 있는 상황에서, 즉 내 감정의 "열정과 냉정 사이에서 그것을 조정"을 할 줄 아는 지혜와 결단이 필요합니다. 대부분의 사람들은 열정적 감정이든, 냉정한 감정이든, 그 감정이 최고조에 이르는 시간이 약 15초라고 합니다. 그러므로 그 일, 또는 그 분으로 인하여 내 감정이 주체하지 못할 정도요, 그 결과 뒷감당하지 못할 정도로 격해지기 전에 자신의 감정을 조정하는 시간을 가져야 합니다. 그 15초 시간은, 마치 한 호흡 정도의 길이일 것입니다. 한 호흡, 즉 "후~~~ 우.."

그러므로 그 분의 감당하기 힘든 말과 행동으로 화가 치밀 때 "한 호흡 묵상"을 선용해 보세요. 명상은 자신을 비우는 것이지만, 묵상은 자신을 비운 후, 새로운 것으로 채우는 것입니다. 즉 자신이 눈을 뜨고 그 분을 바라보면서도, 분노하고 있는 자신을 점점 비우며 동시에 새로운 것으로 채우는 순간이 묵상의 시간입니다.

이런 생각으로 말입니다. "그렇다고 내가 저 분 때문에 이 회사생활을 그만 포기할 필요는 없지.. 내 가족을 생각해서라도, 그러나, 그래, 이제부터 내 실력을 더욱 키우자.. 그런데 혹 내가 잘못한 것은 무엇일까?" 즉 그 상관, 윗 어르신의 그 위치를 인정하고, 부탁하는 마음과 표정으로 말입니다.

그 이유는 그 분도 감정의 동물은 아니지만, 감정이 있기 때문에, 그의 감정에 호소하는 것입니다. 그러나 만일 그 상관이 감정의 동물 혹은 맹수라면, 그의 나를 향해 지속적으로 내 던지는 더러운 언어 쓰레기를 치우는 것이 쉽지 않을 것입니다. 특히 그 상관이 "어른 아이"라면 더 힘들 수 있습니다.

어른아이란, 몸은 어른이 되었으나 언행은 아직 아이와 같은 분입니다. 그런 분 언행의 특징은 자신의 성장과정에서 받은 큰 상처에서 아직 벗어나지 못했을 확률이 큽니다. 즉 "과거 트라우마로 남은 나쁜 추억"으로 인해, 자신의 오늘 감정이 지배당하고 있는 분입니다. 또한 분노조절장애를 극복하지 못했거나, 자신의 지나친 자존심, 또는 지나친 출세 욕망에 사로잡힌

분일 것입니다.

그런 분을 일명 "선구자"라고 부릅니다. "선천성 구제 불능 자아도취증"에 걸린 사람입니다. 그런 상관을 모시고 일하는 것은 마치 불지옥입니다. 특히 윗어르신의 말투는 점잖은데, 반대로 그의 혀는 마치 날카로운 칼처럼 내 자신의 심장을 후빈다면 그와 함께 사는 것은 마치 지옥 아랫목처럼 견디는 것이 거의 불가능할 것 입니다.

그럼에도 불구하고 혹 그런 처지의 독자님께서 지금 이 글을 보고 계신다면, 분명 아직 희망이 있는 분이십니다. 그 이유는 다른 글, 다른 이야기를 듣지 않고 그래도 좋은 이야기를 선택하셨기 때문입니다. 아마도 지금 순간의 선택이 독자님의 십년을, 아니 일평생을 좌우할 것입니다.

큰 병으로 수술할 때 피를 수혈 받습니다. 또한 외롭고 피곤할 때 커피를 수혈 받는 분도 계십니다. 마찬가지로 "지금" 견디기 힘든 갈등으로 마음과 삶이 찢어지고 실제로 죽을 것 같지만 새로운 이정표, 나침판을 선물로 받을 수 있는 기회를 얻고 있기 때문입니다. 그 이유는 미국의 의학자 엘마 케이즈(Elmar Keyes) 박사는 인간 정서의 변화가 인체에 미치는 영향을 연구했습니다.

그 실험 내용은 사람이 분노에 찼을 때와, 반대로 기뻐할 때 호흡하는 숨을 유리관에 받아서 액체로 냉각시키는 실험이었습니다. 분노할 때 내 뱉어 버리는 숨결을 액체화한 것을 쥐에게 주사하였더니 5분도 못되어 죽고 말았습니다. 반대로 기쁘고 즐거울 때 숨을 액체화한 것을 주사하였더니 그 쥐의 표정에서 기쁨을 확인할 수 있었습니다.

그러므로 지금 독한 그 사람의 언행, 또한 마치 독살과 같은 그 치명적인 환경 속에서라도 그 쥐처럼 죽지 않고 아직 생존하고 있는 내 자신을 대견하게 생각하셔야 합니다. 그리고 그런 내 자신을 "진정" 위로하는 이 시간을 가졌으면 합니다. "자신이 한 말 때문에 상대방이 얼마나 힘들까?"를 전혀 배려하지 않는 그 분과 함께 살아가면서 이만큼 견디고, 이만큼 숨을 쉬고 있는 자신을 칭찬하는 이 순간 되었으면 합니다. 칭찬은 고래만 춤추는 것이 아니요, 내 자신도 춤추고 있는 것을 보게 될 것입니다.

동시에 그 분 때문에 "이미 잃은 것 보다, 아직 남아 있는 것"도 있다는 사실을 새삼 발견하고, 그 남아 있는 것으로 인해 쨍하고 해 뜰 날 멀지 않았다는 희망을 갖고 다시 일어나 애써 웃으며, 자신을 축복하고 하루를 마감하는 오늘이기를 바랍니다. 이렇게 사는 분에게는 그 끝이 재앙이 아니요, 평안이 될 것입니다. 또한 조만간 미래에 다가오는 새로운 희망을 볼 것입니다.(렘9:11) 자신의 그런 생각과 예상은 자신의 언행과 미래를 좌우할 것이기 때문입니다.

그래서 오늘은 주무실 때 한번쯤, 이렇게 기도해 보세요. "오늘 그 사람과 그 상황이 나를 괴롭힘에도 불구하고 최고는 못되었어도 최선을 다한 후, 이제 누워 죽겠습니다. 저를 한 밤 많이 격려해 주시고, 내일 아침에 흔들어 깨워 주세요!!"

덜박 하세요..

서울의 어느 대학교 교수님께서 상식선에서 이해하기 어려운 일을 하셨습니다. 그래서 한 때 그 학교 학생들 사이에서 논란의 대상이 되고 말았습니다. 그 이유는 한 학생이 조부상으로 인해 결석하게 된 것을 출석으로 인정하지 않겠다고 했기 때문입니다. 그 학교의 내규에는 "본인과 배우자의 조부모 사망 시 장례일까지 2일은 출석으로 인정한다" 되어 있습니다. 단 학생의 장례 참석에 대한 출석 인정 여부는 담당 교수 재량권에 달려 있다고 합니다.

그래서 결국 그 학생은 조부상 중에도 수업에 참석할 수밖에 없었습니다. 그런데 그 후, 상식선으로 볼 때 기분 나쁜 반전이 일어났습니다. 그 교수님께서 어느 날 학생들에게 수업 휴강을 통보했는데 그 사유가 이해하기 힘든 것이었습니다. "자신의 강아지를 임종 시켜야 하기에 휴강"한다는 것입니다. 즉 자신의 수업을 듣는 학생의 조부상 장례식 참석은 출석으로 인정하지 않으면서, 정작 교수 본인은 자신의 반려견 임종을 이유로 수업을 휴강한 것입니다.

이 상황을 어떻게 생각하십니까? 아마도 "황당하네요.." 하실 분이, "그럴 수도 있죠.."하는 분들 보다 훨씬 더 많을 듯합니다. 그 이유는 교수님 집 반려견이, 그 학생의 할아버지 보다 더 소중한 것처럼 느껴지는 것은 아마도 저만의 생각은 아닐 듯합니다. 하기사, 지금은 "개가 자기가 사람이요, 식구로 착각"할 수밖에 없는 시대인 것은 분명합니다. 물론 그 교수님도 나름대로 하실 말씀이 있을 것입니다. 왜냐하면 우리 사회가 이제는 "상처를 받았다는 사람들은 넘쳐 나는데, 상처를 주었다는 사람은 거의 없는 시대"가 되었기 때문입니다.

그런데 대부분의 국민들은 그 사람이 누구이든지 상관없이 "좋은 지식을 전하는 사람보다, 그의 언행 속에 상식이 통하는 사람"을 더 원하고 있습니다. 즉 뭐 특별한 것을 요구하는 것이 아니라, 그저 상식선에서 볼 때 고개를 끄덕일 수 있는 언행이면 서로 통하는 사람이 될 수 있습니다. 서로 행복한 사람이 될 수 있습니다.

즉 인간관계는 서로에게 "대박도 아니고, 쪽박도 아니고, 그저 덜박"이면 좋을 것 같습니다. 다시 말씀드리면 특별한 능력과 재능이 없어도 "상식선과 일관성"만 있어도 대인관계는 원만할 수 있습니다. 그렇게 되면 서로 이해되고, 서로 행복을 조금이라도 맛 볼 수 있는 관계가 되지 않을까요? 상식선과 일관성..

만일 그 교수님께서 학생들에게 자신의 반려견 죽음 때문에 휴강한다고 공지하시기 전, 그런 내용을 학생들에게 공지해야 하나, 아닌가를 한번만 상식선에서 생각하셨다면 결과는 많이 달라졌을 것입니다. 그러므로 지금 우리에게 필요한 것은 자기감입니다. 혹 "자기감"이라 단어를 들어보셨는지요? 이는 "자기를 이해하고, 판단하는 능력"을 말합니다.

우리는 지금 정보 홍수시대에 살고 있습니다. 아니, 정보 쓰나미 시대에 살고 있습니다. 그럼에도 불구하고 정작 자기 자신을 이해하고 판단하는 능력이 많이 부족한 시대입니다. 마치 홍수 속에서 정작 마실 물이 없듯이, 정보홍수 속에서 정작 자신을 제대로 몰라 자신을 목마르게 하며, 자신을 힘들게 만들고 있지는 아닌지요?

이제 우리는 그 누구에게나 왔었던 지난날의 "사춘기"를 생각해 보며 자기를 이해하고 판단하는 "자기감"의 능력을 키웠으면 합니다. 사춘기의 특징은 첫째, 지금까지 함께 했던 부모님을 떠나, 홀로 자신을 새롭게 정립하는 시기입니다. 즉 홀로, "나는 누구인가?" 홀로 "나는 어떻게, 무엇을 하면서 살아야할 것인가?"를 정립하고자 했던 시기입니다. 그러하듯이, 자기감, 즉 자신을 이해하고 판단하는 능력은 이제 지금의 자신에게서 좀 떨어진 그 곳에서 자신을 바라볼 때 가능합니다.

다시 말씀드리면, 혹 이제까지의 "자기집착", 또는 자기절대 의로움에서 떠나, 이제는 자신을 자신 밖에서 볼 수 있는 기회를 가져야 합니다. 즉 "자신의 객관화를 연습"해 보는 것입니다. 그러면 자기 자신 뿐 아니라, 드디어 너와 우리도 함께 보이는 변화를 체험하게 될 것입니다. 그 때 마음속에서 이런 소리가 들릴 것입니다. "그래, 그가 그럴 수도 있었겠다.." "나도 실수가 없다고 할 수 없지.." "그 사람도 그렇지만, 이제 나도 좀 변화를 주어야겠어.."

그러므로 잠시 주위 환경, 주변 사람들을 일부러 떠나서 "혼자, 천천히, 자신을 바라보며 생각할 때, 자신의 문제는 해결되기 시작"할 것입니다. 자기감, 즉 자신을 제대로 이해하고 판단하는 능력이 증대 되고 삶이 회복될 것입니다. 그 때 부터, 지금과 달리 "더불어" 살아가는 지혜와 능력이 자신에게서 나타나게 될 것입니다. 그 결과 상식이 통하며, 일관성이 있는 사람으로 인정될 것입니다.

둘째, 사춘기의 특징은 부모보다 친구가 더 좋고, 부모의 말씀보다 친구의 이야기를 더 경청하며 친구들과 동행하는 것이 행복한 때입니다. 우리 아들도 사춘기 때 우리 부부에게 이렇게 말한 것이 지금도 기억에 생생합니다. "제가 솔직히 말씀드리면, 저는 지금 부모님 보다 친구들이 더 좋습니다. 친구들과 함께 이야기할 때 더 행복합니다!!" 그 때는 그렇게 사춘기를 지나는 아들이 돌아이처럼 보였지만, 실은 아들은 그 친구들과의 만남, 그리고 그들에게 듣는 "이야기, 혹은 조언으로" 그 힘든 시기를 넘어가고 있었던 것입니다.

마찬가지입니다. 우리도 주위사람들 중, 자신을 아끼고 사랑하는 사람과 기꺼이 대화하며, 그의 자신을 향한 격려 뿐 아니라, "조언"을 잘 들어 주는 것은 자기 집착의 높은 산을 넘어, "균형 있는 자기감 형성"에 참으로 중요한 요소가 될 것입니다. 왜냐하면 이 시대는 자기 말만 하고, 자기만 옳다고 하는 사람은 사적이든, 업무적이든 왕따를 당하는 시대이기 때문입니다. 반대로 인간관계를 무시하고 늘 혼자 침묵하는 것은, 과거처럼 금이 아니고 도리어 우울증의 원인이 되는 사회입니다.

주위 그 사람과 마음 열고, 대화하고, 받아드리고, 때론 자신을 고치는 것은 "자기 패배"가 아닙니다. 도리어 내 자신에게 유익한 것입니다. 제가 담임목사 때 부목사님들이 저에게 조용히 이런 조언을 해 주었습니다. 저는 기꺼이 그 지적과 조언을 들어 주었습니다. 그리고 그 결과는 당연히 저에게 유익하였습니다. "목사님, 넥타이가 많이 삐뚤어졌네요.." "와이샤스에 김치국물이.." 또는 조용히 휴지를 주면서, "입 근처에 밥알들이.." 심지어 여행 중, 조용히 다가와 속삭이듯이 말해 주었습니다. "목사님, 바지 지퍼가 열려 있네요.." 이런 관계는 지난 날, 부목사님들이 저에게 그렇게 이야기해 주었고, 저는 그것을 감사함으로 받아드렸기 때문에 가능했던 것이었습니다. 그 결과 저는 실수를 줄일 수 있었기에 감사했고, 그들은 저의 동행자가 되는 기쁨이 있었습니다.

그런데 세상 불쌍한 사람은 누구일까요? 넥타이가 삐뚤어져도, 와이샤스에 김치 국물이 묻었어도, 입 근처에 밥풀이 더덕더덕 붙어 있어도, 심지어 바지 지퍼가 열려 있어도, 또한 빨간 립스틱 색갈이 입술 밖으로 외출했어도, 눈곱이 끼어 있어도, 스타킹 혹은 치마가 찢어졌어도 곁에서 그것을 알려 주며, 같이 해결해 주고자 하는 사람이 없는 사람은 불행한 사람입니다.

그가 그렇게 된 이유는 주위 사람 혹은 친구들이 지난 날 몇 번 가까이 다가가서 조언해 주었지만 기분 나쁜 표정, 혹은 싫어하는 표현을 분명히 했기 때문입니다. 그 결과 이미 독불장군으로 낙인이 찍혔기 때문입니다. "나는 나다!! 나는 내 방식으로 산다!! 나를 건드리지 말라!!"라는 식의 삶은 우매한 독재자의 모습과 다를 것이 없습니다. 물론 우리는 부모님을 통해 이 땅에 태어났습니다. 그러나 그 후, 우리는 자신 주위에 있는 괜찮은 사람들에 의해 물들어져 가야 합니다. 그리고 만들어져 가야 합니다. 그리고 피차 행복을 맛보아야 할 존재입니다.

그 결과 서로에게 특별한 사람이 아니라, "상식이 통하는 사이"가 되는 것이 삶의 지혜요, 능력입니다. 그래서 우리들의 사회가 반려견의 죽음 때문에 휴강하기 보다는, 조부상 당한 학생에게 배려해 주는 사람들로 점점 가득해져야 합니다. 이제 더욱 더 홀로 조용한 시간, 즉 자기를 객관화 하는 훈련시간을 늘리고, 주위 좋은 사람의 조언을 명약으로 받아서 자신을상식이 통하는 사람으로 만들어 가시기를 기대합니다.

분노는 결국 풀리는 것이 정상입니다.

제 어머님은 98세이십니다. 지금까지는 다니고 계신 교회 "매 주일 출석하시는 성도님들" 중, 최고령이십니다. 어머님은 6.25 사변 때 이북에서 월남하셔서 2남 4녀를 모두 예수님과 교회 안에서 살아갈 수 있도록 인도해 주신 복의 근원이요, 선한 영향력을 끼친 믿음의 어르신이십니다. 그런데 자녀들과 모여 대화를 하시면 결국에는 "또"자신의 이북에서의 피난시절 말씀을 하십니다. 마치 제 "어린" 손자들이 저를 만나면, 몇 번을 만나도 "할아버지.. 장난감 사줘!!" 하듯이 말입니다. 그 녀석들은 제가 장난감 가게 주인으로 착각을 하고 있는 것 같습니다.

그런데 어머니께서 피난시절 말씀을 시작하시면, 우리 자녀들은 서로 쳐다보며 슬며시 웃습니다. 그 미소의 의미는 이런 것입니다. "이제 한번만 더 들으면 100번째야..!!" 그런데 여전히 말씀하시는 내용과 전개, 그리고 시간이 늘 일정한 것을 보면 분명 치매는 아니십니다. 즉 공산당과 당원들이 정말 나쁜 사람들이라는 것, 밥 동냥 나갔다가 주는 사람들이 없어 해 넘은 시간에 겨우 밥 한 덩이 갖고 돌아오신 일, 그래서 극히 불안 해 하시며 마음 졸이던 시아버지에게 크게 혼난 이야기, 목숨을 걸고 극적으로 임진 강을 건넜던 말씀 등, 몇 십 년이 지나도 여전히 변함이 없습니다.

그런데 치매가 아니시라면, 왜 같은 사건을 그렇게 "매번 처음 하시는 것" 처럼 말씀하실까요? 아마도 그것이 어머님의 일생 중, 제일 큰 충격적 사건이었기 때문일 것입니다. 마치 성도님에게 일평생 잊혀 지지 않는 "그 때 그 사건"과 같을 것입니다. 그런데 또 하나의 이유가 있다면 본인이 인식하시던, 아니면 안식하지 못하시던 이것 때문일 수 있습니다. 그것은 그렇게 반복적으로 말씀하시면서 자신의 과거 "쓰라린 추억을 희석 시키고 있는 중"일 것입니다. 동시에 "과거에 있었던 분노의 매듭을 풀고 있는 과정"일 수도 있습니다.

즉 그 아픈 추억을 반복적으로 말씀하시면서 점점 그 사건, 혹은 그 사람들에 대한 "이해 또는 공감"이 커지고 있기 때문입니다. 그래서 도박끼, 바람끼가 많았던 남편에 대한 아픈 이야기를 엄마를 통해 반복적으로 듣고 자란 딸은 아빠에 대한 나쁜 인식이 고착화 되어 있습니다. 그래서 "나는 아빠와 같은 사람하고는 결코 결혼하지 않을꺼야.." 다짐을 합니다.

그러나 결혼 후 남편 가정에 들어와서 시어머님을 통해 이제는 "돌아가신" 시아버지의 그 이야기를 계속 듣고 있는 며느리는 "딸만큼 시아버지를 미워"하지 않습니다. 그 이유는 시어머님께서 고인이 되신 남편에 대한 이야기를 계속하시다가 "이미" 자신의 마음이 점점 치유되었기 때문입니다. 그래서 그렇게 당하시고도 "며느리에게" 이렇게 말씀하시기도 합니다.

"그래도 생기기는 그 어느 남자들보다 잘 생겼지.." "그래도 먼저 떠난 그이가 가끔 보고 싶어질 때도 있단다.. 단 한 끼라도 지금의 이 마음으로 저녁식사를 차려 주고 싶을 때도 있어. 며늘아.." 이는 반복적으로 말씀하시다가, "못된 남편에 대한 분노의 매듭이 조금씩 풀리고, 이해와 공감의 폭이 조금씩 넓어지고 있다는 증표"입니다. 그러므로 혹 나의 그 반복적인 이야기를 들어주는 가족, 혹은 친구 곁에 있는 분은 진짜 행복한 사람입니다. 반면, 그 분의 반복적인 이야기를 들어주는 독자님은 진정 효자, 혹은 멋진 친구이십니다.

그래서 일평생 남편에게 심하고 지독한, 즉 여러분의 상상을 초월한 언어폭력 및 신체 폭력을 당하셨던 어느 연세 드신 분께서 또 저에게 면담을 신청하였습니다. "몇 번이고", 저는 전혀 바쁘지 않은 것처럼 시간을 내어, 오래 그 분의 말씀을 들어드렸습니다. 그러자 어느 때 부터 이상하지만, 또한 놀랍게도 그 어르신의 이런 반응을 보게 되었습니다. "목사님, 그래도 어떤 때는 남편이 불쌍해 보여요. 만일 내가 없다면 이런 폭력적인 사람을 그 누가 데리고 살겠어요? 이제는 늙어서 그런지 요새 조금 좋아지는 면도 있어요"

제가 순간 혹, "오래 지속된 남편의 언어폭력 및 신체 폭력에 이제는 길들여지신 것인가? 아니면, 중독된 것인가?" 그런 의심도 했습니다. 그러나 그 연세 많으신 분의 말씀하시는 "표정"을 보면 그렇지 않았습니다. 그 분은 그럼에도 불구하고 남편을 이해하며 포용하는 표정으로 그렇게 말씀하고 있었습니다. "용서까지는 아닌 것" 같지만요. 남자들은 주로 술로 풀고, 여자들은 주로 말로 푼다는 이야기가 낭설이 아닌 듯 했습니다.

이런 것들을 볼 때 사람들에게는 분명 내면적 감정의 한 가지 특징이 있습니다. 그것은 우리는 "1인 2역"을 할 수 있는 사람이라는 것입니다. 배우들 중에도 1인 2역하는 배우는 탁월한 배우라고 "칭찬 및 존경"을 하지 않습니까? 그렇듯이 1인 2역하는 사람이란, 과거와 달리 시간이 지날수록 점점 "이해와 공감, 그리고 포용과 사랑"을 품는 것을 의미합니다. 과거, 그 사람, 혹은 그 사건에 대한 이야기를 하면 할수록 말입니다. 그것을 다른 말로 표현한다면 이제는 "가족 및 주위에 있는 사람들과의 관계에서 융통성"을 지니게 된 사람이 1인 2역하는 분이십니다.

그런데 사람과의 관계에서 "나는 한번 아니다 하면 계속 아니야.. 끝까지 아니야!!" "혹 그 사람이 먼저 내게 사과하더라도 나는 아닌 건 결코 아니지.."라는 분은 어쩌면 자신의 본능을 거부하는 분일 수 있습니다. 그런 분은 1인 1역만 하는 분입니다. "내 눈에 흙이 들어가 의식이 없어져야 혹 용서할까? 그 전에는 절대, 결코 용서하지 않을꺼야.. 나는 나야!!" 이는 여전히 1인 1역을 고수하는 분이십니다. 심지어 주위사람들에게 자신의 그런 주장과 모습에 동참하기를 요청하다가, 결국 "강요"까지 합니다.

그 결과는 결국 외톨이가 될 뿐입니다. 혹은 몇 몇 외톨이끼리만 좋아하는 여생을 보낼 것입니다. 그들만의 리그를 하는 것이죠. 그 이유는 요즘 사람들 생각보다 꽤 영리하고 판단이 정확하기 때문입니다. 분명한 것은 1인 1역만 고집하며 결코 "용서 및 화해를 하지 않는 것의 최대 피해자는 바로 자신임을" 잊지 않았으면 합니다.

그런데 내가 그와 관계가 너무 악화되어, 회복이 불가능한 처지가 되기 전, 유비무환의 마음으로 해야 할 지혜로운 대처는 이런 것 입니다. 그것은 성도님의 뺨이 분노로 달아오르면 그 때는 말을 적게 하세요. 성도님의 미간이 찌푸려지며 속에서 화가 차 올라오면 그 때에 심호흡을 한번만이라도 하세요. 성도님의 눈에 힘이 들어가고 화가 치밀어 올라올 때 그 즉시 눈을 감아 버리고 다른 생각을 해 보세요. 혹 감정을 더 이상 참지 못해 성도님의 입술이 떨리기 시작하면 그 때는 양해를 구한 후, 그 자리를 잠시 떠나 보세요.

　왜냐하면 때론 "빠른" 고속도로를 포기하고, "느린" 지방도로로 선택하면 더 좋은 경치를 볼 수 있듯이, 용서하느냐, 아니냐, 보다 더 중요한 지혜가 있습니다. 그것은 빨리 분노한 후 후회하거나, 반대로 분노한 후 계속 아집을 부리기보다는, "그 순간 좀 느린 것 같으나, 자기 자신을 조절하는 능력"을 키우는 것이 능력이요, 행복의 샘터를 얻는 것이기 때문입니다. 그래서 점점 인간관계의 융통성을 만들어 가는 능력이 있으시기를 소망합니다. 그 결과 인간관계에서 지방도로를 가면서 "좋은 경치"를 더 많이 보시는 여생이 되었으면 합니다.

이건영 에세이

생각하면, 감사할 것입니다.

부산 어느 교회 부흥회를 인도하러 갔습니다. 첫날 저녁, 교회 본당을 들어가기 위해 현관을 들어가는데 청년 형제, 자매들 약 6명이 일렬로 서서 반갑게 인사하는 것이 아닙니까? 보통 교회들은 그 현관에서 장년들, 혹은 교역자들이 인사를 하며 안내하는데 너무 독특하고 신선했습니다. 그래서 담임목사님께 질문을 드렸습니다.

"아니, 청년들 집회가 아니라 장년 부흥회인데 청년들이 현관에서 인사하는 것은 거의 처음 보는 것 같습니다. 목사님께서 부탁하셨나요?" "아닙니다. 강사 목사님, 저는 부탁한 적이 없습니다. 자기들이 자원하여 하는 것입니다. 기특하고 감사하죠." "이런 모습이 가능한 교회가 있군요.." "네, 우리 교회 청년들은 자기들을 위해 기도해 주고 사랑해 주시는 장년 성도님들에 대한 감사의 마음이 있는 것 같습니다.."

그렇게 된 많은 원인들 중, 저는 그 교회 선임장로님을 통해 이런 말씀을 들었습니다. 우리 교회 청년들이 교회 크기에 비하여 많이 모이는 것은 감사한데, 어느 날 그 청년회원들이 교회에 헌금을 어느 정도 드린 후, 나머지 헌금은 청년 자체적으로 모아 사역을 위해 쓴다는 이야기를 들었습니다. 그 이유는 교회에서 청년부로 배정된 일 년 예산이, 사역에 비해 많이 부족하기 때문이라는 이야기를 들었습니다.

그리고 확인해 보니 사실이었습니다. 장로로서 그 기독청년들에게 너무 미안했습니다. 그래서 당회원들과 협의하여 청년부 사역에 알맞은 예산을 새롭게 만들었습니다. 그러다 보니 작년에 비해 청년부 예산을 배나 더 책정할 수밖에 없었습니다. 그래도 청년들이 헛되이 교회 재정을 사용하지 않는다는 것을 확인했기에 의심 없이 지급을 하였습니다.

그러면서 청년들에게 부탁을 하였습니다. 이렇게 사역 범위에 맞게 대폭 예산을 증액했으니 이제는 헌금을 교회 반, 청년부 반으로 드리지 말고, 모두 교회에 드리도록 하라고 말입니다. 그랬더니 그들이 당회의 결정에 '감사하면서' 정말 모든 헌금은 교회에만 드리기 시작했습니다. 그리고 시간이 지나면서 그들이 사용하는 년 예산보다 더 많은 헌금을 하나님의 전에 드리는 것을 확인하면서 순수 청년이라는 생각을 하게 되었습니다. 당회 결정에 감사한 마음을 헌금으로 전한 것이겠지요..

배려와 그 배려에 화답하는 "공감"이 있는 참 좋은 교회라는 확신이 들었습니다. 그 교회 장로님들은 열린 장로님이요, 청년들은 교회를 신뢰하고 좋아하다 보니 장년 부흥회에 안내 뿐 아니라, 그들이 장년예배에 경배와 찬양을 인도하는 것을 보았습니다. 그리고 청년들이 부흥집회에 권사님, 장로님들과 함께 일층 앞좌석에 많이 앉아 있는 것을 보면서 교회의 긍정적인 미래를 보는 기쁨도 있었습니다. "장로님께서 미안함을 표현하니, 청년부 회원들은 감사함을 표현한 것"입니다.

배려와 신뢰, 신뢰와 배려가 세대차이가 아니라 세대공감하는 아름다운 교회의 아름다운 동행을 보았습니다. 그런데 지금 한국사회에 남은 단어는 "헐, 대박" 밖에 없다는 말을 들었습니다. 그러나 지금 우리에게 필요한 것은 "자극적인 말, 대박, 혹은 쪽박 보다 "덜박"이 필요한 시대입니다. 즉 "극적인 것 같으나, 극단적인 감탄사"만 있는 이 자극적인 현대사회에서 지금 우리에게 필요한 것은 그 선임장로님의 한 마디가 아닐까 생각합니다. " ~ 그 소식을 듣고 청년들에게 미안했습니다.."

우리들 사는 세상에서 "미안합니다. 감사합니다" 이 말들이 더 풍성해졌으면 합니다. 그 이유는 "행복과 평안"은 미안합니다. 감사합니다. 라는 말이 많은 가정, 또는 교회에서 맺어지는 열매이기 때문입니다. 특히 행복은 헐, 대박처럼 큰 사건을 통해 누리기보다는 "일상" 속에 "작은 것"에 대하여 미안함 혹은 감사함을 표하는 것을 통해 자주 누리는 것이 좋습니다. 그래서 그런지, 미국사람들은 월급이 아니라 주급을 받습니다. 그런데 우리나라는 주급이 아니라, 월급을 받습니다.

아마도 우리나라도 주급으로 받으면 월급보다 "그 적은 액수 때문"에 수입이 적다고 불평할 수 있을 것입니다. 그러나 주급으로 받으면 월급으로 받는 것보다 4배나 행복과 만족이 있지 않을까요? 우리는 월급을 받으며 한 달에 한번 대박을 치는 것처럼 기뻐하지만, 주급으로 받으면 좀 적을 수 있으나 한 달에 4번이나 행복과 기쁨을 더 누리지 않을까요?

저는 어느 날 티비를 통해 동남아시아 어느 지역에서 논과 산 속에서 뱀을 잡으며 생계를 유지하는 사람들의 모습을 보았습니다. 상상을 초월한 크기의 뱀들을 4명의 아저씨들이 합심 노력하여 잡습니다. "그 날" 그것을 내다 팔면 약 3만 5천을 받습니다. 그것을 4등분하면 약 일당 8천원을 받습니다. 그런데 그 "적은 일당"을 받는 그들의 표정은 제 예상과 달리 참으로 밝고 행복했습니다.

그렇게 적지만 돈을 계속 벌어 자녀를 학교에 보내고 싶다는 소원을 말하는 그의 표정은 절망적이 아니라, 희망 가득한 표정이었습니다. 그렇습니다. 아마도 행복도 양 또는 크기 보다는, 행복의 빈도가 많은 것이 삶에 더 유익하지 않을까요? 즉 "대박 사건보다는" 적은 것, 또한 작은 일이 반복될 때 정신적, 육체적으로 더 유익하고 행복하지 않을까요?

분명 소소한 행복은 작은 것에 자주, 미안합니다, 감사합니다,라는 말 에서 시작되어 그것이 반복되면 서로에 대한 신뢰가 쌓여질 입니다. 반면 큰 병든 후에야 건강을 생각하며, 치열한 전쟁이 터진 후에야 평화를 준비하는 것은 "늦은 지혜"입니다. 마찬가지로 교회 혹은 가정이 큰 시험이든 후 건강한 가족 관계를 생각하며, 또한 교회가 분리된 후 평화와 공존을 준비하는 것은 이미 "늦은 지혜"입니다.

그러므로 이제 우리에게 필요한 것은 "내가 먼저 미안합니다, 라 하고, 그는 괜찮아요"라고 쿨 하게 화답하는 것입니다. 또한 작은 것에 그가 감사하면 나도 도리어 내가 감사하다고 표현하는 것이 행복입니다. 손을 마주쳐야 소리가 나듯이, 서로 화답해야 "행복의 열매"를 피차 맛보게 되기 때문입니다.

우리 성도님들 안에는 악령이 아니라, 성령이 내주해 계십니다. 그런데 성령이 충만히 내주해 계시는 성도님의 특징이 있다면 무엇일까요? 그 부산에 있는 장로님과 청년들처럼 배려와 신뢰가 싹트고 열매 맺는 특징입니다. 동시에 미안합니다. 괜찮습니다. 감사합니다.가 방언처럼 꾸밈없이 나옵니다. 그 누구보다도 내가 먼저, 즉 내 가정부터, 교회에서 중직자들 먼저, 가정에서 어른부터, 이런 새로운 성령의 역사는 서로의 마음을 치유합니다. 그 결과 몸과 삶도 치료됩니다.

그리고 삶의 질이 좋아집니다. 교회에 한번이라도 더 가고 싶습니다. 저녁때 집에 들어갈 때 마치 작은 천국 같은 느낌을 받습니다. 서로 보고 싶습니다. 서로 만나고 싶습니다. 서로 먼저 대접하고 싶습니다. 대화의 내용이 달라집니다. 드디어 그 성도님, 또는 내 가족 남편, 아내를 위해 기도하게 됩니다. 아니, 서로를 위한 기도가 저절로 나옵니다. 그런 상태를 서로 느낌으로 알고 서로 감사하게 됩니다.

그 때 사, 이런 부부의 모습을 멀리 던져 버리게 될 것입니다. 할머니와 할아버지 부부가 함께 시골 길을 걷고 있었습니다. 다리가 아픈 할머니가 할아버지에게 부탁하였습니다. "영감, 나좀 업어 줘.." 할아버지는 말없이 업어 준 후 걸어가는데 할머니가 미안한 마음에 할아버지에게 말을 걸었습니다. "영감, 나 무겁지..?" "응.." "그래? 왜 무거 워?" "당신 머리는 돌이지, 얼굴에는 철판을 깔았지.. 간뎅이는 부었으니 무거울 수 밖에.."

돌아오는 길에 이번에는 할아버지가 할머니에게 업어 달라고 부탁했습니다. 할머니 역시 아무 말 없이 그 무거운 할아버지를 업어 주었습니다. "할멈, 나 무겁지?" "아니 하나도 안 무거워, 헐 가벼워.." "그래? 왜..?" "머리는 비었지, 입은 싸지, 쓸개는 빠졌지, 허파에는 바람이 잔뜩 들었지, 그래서 아주 가벼워..!!"

조금 웃으시는 김에 한 번 더 이야기해 드릴게요. 아내가 남편이 자기를 얼마나 사랑하는지를 확인하고 싶어서 친구인 의사와 짜고 갑자기 사망했다고 아내에게 통보를 하였습니다. 병원에 도착한 후, 천으로 씌워 놓은 남편인 자기를 보고 너무 서럽게 우는 아내를 보자 안스러운 마음이 들었다고 합니다. 그래서 천천히 천을 열고 "여보, 나 안 죽었다~~!"하였더니 아내의 말이 가관이 아니었습니다.

아내는 다시 천을 확 덮으면서 남편을 향하여 이렇게 대답했다고 합니다. "여보, 의사 말 잘 들어요.. 의사가 죽었다면 죽은거에요..!!" "호의가 반복되면, 권리로 착각하는 것"이 우리 성도들, 가족들 간의 일반적인 관계입니다. 그러므로 지금 우리에게 필요한 것은 적은 것, 그리고 평소 작은 일에 미안합니다, 감사합니다, 라는 말을 잘 하는 것입니다.

동시에 그만큼 함께 지냈으면 이제는 오늘의 저의 이야기를 순수하게 받으며 이런 반응이 있으면 좋겠습니다. 성도님께서 지금 미안하다고 이야기할 "대상이 누구"이신가요? 동시에 작은 일, 적은 것에 감사하면 새로운 행복이 날개짓하며 찾아 올 것인데 성도님이 감사해야 할 그 작은 일, 적은 것이 무엇인지요? 혹 당장 지금 떠오르지 않으시면 잠시라도 생각해 보시면 드디어 감사할 일을 발견할 것입니다. 생각(think)하면, 감사(thank)할 것이 떠오르기 때문입니다.

자존심의 균형을 추구하세요.

할아버지들이 생애 첫 손자를 보며 너무 귀엽고 사랑스러워 공통적으로 하는 말이 있습니다. "야.. 이 녀석은 사람이 아니라, 정말 귀여운 천사 같네.. 천사!!" 그렇습니다. 마치 천사 같은, 혹 천사보다는 조금 못한 존재가 사람입니다. 동시에 사람은 동물, 식물, 미생물과 달리, 육신 뿐 아니라 영혼도 존재하는 "창조의 걸작품"입니다.

우리의 영혼은 마치 바람과 공기처럼 우리 눈에 보이지 않지만 실제로 존재합니다. 우리 주변에 눈에 보이지 않지만 존재하는 것이 많이 있듯이, 영혼도 그렇습니다. 그런 존귀한 우리가 "행복한 삶"을 살기 위해서는 먼저는 "영혼이 담겨져 있는 마음"이 행복해져야 합니다. 그런데 우리들의 마음이 행복하여 "타인들과 할 수 있거든 화목하며 살기 위해서는" 무엇보다도 "자존심의 균형"이 중요합니다.

그러면 어떻게 하면 자존심의 균형이 가능할까요? 그 균형을 이해하기 위해 우리는 먼저 자존심이 강한 사람의 특징을 살펴보며, 반대로 자존심이 낮을 분의 특징도 살펴보았으면 합니다. 먼저, 자존심이 강한 사람의 특징은 "안하무인격 성품"이 있습니다. 자기 말만 합니다. 자기만 옳습니다. 자기 자랑이 많습니다. 미안하다는 말을 죽기보다 싫어합니다. 선동하거나,

강요하는 말을 쉽게 합니다.

그러나 나중에, 자신은 결코 선동 및 강요한 적이 없다고 서슴없이 이야기합니다. 그 이유는 자존심이 강한 사람은 자신이 그런 사람이라는 것을 인지하지 못하는 경우가 많기 때문입니다. 아니면 인정하기 싫을 수도 있습니다. 그래서 늘 쌍방통행자가 아니라, 일방통행자가 됩니다. 그래서 혹 대화하는 그 상대방이 자기와 다른 주장을 하면 눈을 마주치지 않고 먼 산을 바라보거나, 핸드폰을 만지작거리거나, 한심스럽다는 표정 혹은 말을 생각보다 쉽게 합니다.

특히 가벼운 농담도 심각하게 받아 드리며 쉽게 오해를 합니다. 상대방의 말을 왜곡하여 공격하기도 합니다. 그래서 자신도 행복하지 않고, 자기 주위 사람에게는 피하고 싶은 사람이 되고 말 것입니다. 그 결과 "행복하지 않은 소"가 좋은 밀크, 좋은 치즈를 만들어내지 못하는 것과 같은 인생을 살게 됩니다.

그런 안하무인격 성품은 그의 언행 뿐 아니라, 얼굴에서도 증명됩니다. 그 이유는 "얼굴은 잘 생김의 차이와 상관없이, 자기 자신의 마음이 표현되는 칠판"이기 때문입니다. 제가 은퇴한 후, 충청권에 있는 어느 교회 부흥회 인도 첫째 날이 주일이었습니다. 주일설교를 3번 한 후 너무 힘들어 혼자 식사하고 싶다고 부탁을 드린 후, 교회 근처에 있는 7000원 짜리 한식뷔페 식당에 들어가 식사를 하였습니다.

그 식당 주인과 한마디 말을 나눈 적이 없는데 식사를 끝내고 계산대로 온 저에게 하시는 말씀, "혹 교회 다니시는 분 이시죠?", 하시는 것이 아닙니까? 혹 제가 음식 다 먹은 후, 식탁과 의자 정리를 잘해 놓고 나오는 것을 보았는지 모르겠습니다. 어떻게 아셨냐고 제가 질문하였더니 이렇게 말씀하셨습니다. 저의 행동과 "표정"에서 그런 느낌이 있었다는 것입니다. 그러나 자존심 강한 사람의 얼굴과 표정에 나타난 안하무인은 자신이 자신을 과대포장 하므로, "원래 천사와 같은" 자신의 본성이 보여 질 기회가 사라지고 만 것입니다.

반대로 자존심이 낮은 사람의 특징은 "매사에, 또는 자신 때문에" 그 가정사, 혹은 부서의 그 일이 어렵게 되었다고 생각합니다. 아니, 단정합니다. 즉 늘 자기보다 "남의 시선 및 다른 사람의 평가에 신경"을 많이 씁니다. 그래서 자신이 비난 혹은 잘못된 평가를 받을까 하는 마음 때문에 자기 생각, 자기 기분이 아니라, 다른 사람의 기분 혹은 그가 좋아하는 행동을 자주합니다.

그 결과 상대방에게 줏대 없는 사람으로 오해 받아 가볍게 대우를 받거나, 우습게 여기는 언행을 자초하게 됩니다. 반대로 때론 오지랖이 지나치다는 핀잔을 받다가, 결국 삶의 상처를 크게 받을 수 있습니다. 그 결과 본의 아니게 열등감 혹은 자기비하가 마음에 깊이 들어오니 자신의 삶이 행복하지 않게 됩니다. 결국 자기가 행복하지 못하니, 주위 사람들에게도 삶의 좋은 밀크, 좋은 치즈를 주지 못하게 됩니다.

그러면 지나치지도 않고, 모자라지도 않는 "균형 있는 자존심"은 어디서 나올 수 있을까요? 저는 그 해법을 반드시 있어야 할 "대한민국 정치권의 개혁 과정"에서 찾을 수 있다고 확신합니다. 현 대한민국은 보수와 진보로 확연하게 갈라져 있습니다. 그 원인은 정치하는 분들이 국민을 위한 정치를 한다고 했지만, 실은 자신들의 표를 의식하며, 그 표를 지키기 위해 사활을 걸었던 결과라고 판단합니다.

그래서 전국 대도시, 혹은 소도시 어디를 가더라도 정치인들이 내건 "수를 셀 수 없는" 현수막의 내용들이 국민을 더 깊이 갈라놓고 있습니다. 서민은 한 곳에 현수막을 거는 것도 얼마나 절차가 힘든데 말입니다. 이렇게 가다가는 우리나라는 결국 피차 망하고 말 것을 적지 않은 국민들이 우려하며 예견하고 있습니다.

그러나 "늦었다 할 때가 개혁의 때"라 확신합니다. 이제라도 진보는 자신들의 정치시각 오전 8시를 오전 11시 경으로 바꾸는 결단이 필요합니다. 반대로 보수는 자신들의 정치시각을 오후 5시에서 오후 1시 경으로 바꾸는 결단이 있어야 합니다. 그리하여 피차 다른 것은 다른 것이지, 잘못된 것이 아니라는 모습을 보여야 합니다. 그 결과 "대화와 타협의 열매"가 보여지고, 그것을 보는 대다수의 국민들이 희망을 볼 수 있도록 해야 합니다.

균형 있는 자존심도 마찬가지입니다. 자존심이 높은 분은 이제는 좀 내려놓을 것을 내려 놓아야 합니다. 반대로 자존심이 낮은 분은 이제는 다른 사람보다 자신을 먼저 의식하며 자신을 표현하는데 주저하지 말아야 합니다. 이렇게 자존심의 시각을 피차 옮겨 놓게 되면, 드디어 "자존심 균형의 증표"를 본인 뿐 아니라, 너와 우리도 보게 될 것입니다.

그 증표로 자존심이 강했던 사람은 상대방의 가치와 나이에 대한 배려가 나타납니다. 자존심이 약했던 사람은 때론 자신이 싫은 것은 싫다고 하는 증표가 생길 것입니다. 그 결과 강한 사람은 상대방의 입장에서 생각하고 말하는 변화가 있을 것입니다. 반대로 약한 분은 자신이 싫다고 하는데, 짜증내며 면박을 주는 사람은 그 사람과의 관계를 지혜롭게 거절하고 있는 자신을 발견하게 될 것입니다.

그 결과 자존심의 균형이 이루어지고 있음을 먼저 상대방이 압니다. 그리고 그 다음 자신도 자신을 향한 상대방의 반응을 보면서 균형이 이루어지고 있음을 알게 될 것입니다. 그 결과 점점 행복해지는 자신의 삶을 보면서 스스로 기쁨을 누리게 될 것입니다. 그렇습니다. "공감이 있는 삶", 그것은 자존심의 균형에서 만들어집니다.

그런데 기독교인으로서 자존심 균형의 결정적 원인은 "택하심과 성육신"입니다. "나는 아버지 하나님께서 친히 택하신 하나님의 자녀입니다!!" 즉 우리는 아버지 하나님께서 특별히 택하시고, 관심을 갖으시고, 사랑하시고, 행복과 축복을 주시는 사람이라는 확신있는 믿음입니다. 이 우주에는 약 천억 개의 은하계가 있습니다. 그리고 그 은하계마다 적어도 천억 개의 별들이 있습니다. 그런데 1초에 지구를 약 7바퀴 도는 빛의 속도로 이 광대한 우주의 끝의 중간거리 까지 가고자 해도 약 800억년이 걸린다고 합니다.

그런데 그런 절대적으로 광대한 이 우주보다도 하나님은 성도님 한 분만을 택하셨습니다. 그리고 그 우주보다도 성도님 한 분에 관심이 더 있으십니다. 더 사랑하십니다. 더 행복과 축복을 현세와 내세에 주시기를 원하십니다. "사람이 무엇이기에 주께서 그를 생각하시며 인자가 무엇이기에 주께서 그를 돌보시나이까 그를 하나님보다 조금 못하게 하시고 영화와 존귀로 관을 씌우셨나이다"(시8:4-5)

동시에 성도의 자존심의 절대적 근원의 또 한 가지는, 그 하나님이신 예수님께서 우리를 구원하시기 위해 친히 이 땅에 성육신하여 오셨다는 것입니다. 이는 천한 인간들인 우리를 위해 스스로, 자원하여 철저히 낮아지신 것입니다. 그러므로 성도는 하나님께서 자신을 택하여 주심을 보며 영적 자존심을 회복하시되, 동시에 예수님의 성육신을 보며 겸손과 섬김의 자존심을 유지해야 할 것입니다.

그리고 그 균형이 자신의 언행과 삶 속에 투영되어야 합니다. 그래서 내 주위에서 오래 동안 함께 했던 지인들이 나에게 이런 말씀을 하신다면 자존심의 균형이 이루어진 증표일 것입니다. 하나님께서 영광과 존귀함을 받으실 것입니다. "당신을 오래 동안 보아왔는데 당신 같은 분이라면 나는 다른 종교보다 기독교를 택할 것이고, 다른 교회가 아니라 당신이 다니는 교회를 한번 가 보고 싶네요.." 그렇게 성도님의 얼굴이 전도지요, 태도가 그리스도의 향기요, 성도님의 말이 그리스도의 편지가 되는 멋진 균형이 있는 성도가 되셨으면 합니다.

2부

김
영
주

시
&
에
세
이

기도

이해인수녀님의 인생학교라는 시를 읽는데
'시간의 치유' (페사 거들러) 에서 모티브를
받아 적었다는 싯구가 내 마음을 잡습니다.

"의도되지 않았던 상처와 고통의 상형문자를"
이라는 문장에서 내 기도 속에 있는 사랑하는
성도들이 생각납니다.

내가 의도한 일이 아니라고
앉아 있을 수만은 없는 일들이 기도가 되지요.
상황, 좌절, 아픔, 분노, 절망이
상처와 고통이라는 이름의 기도가 되지요.
날마다 그 끝을 알 수 없는 이해되지 않는 상황이
처절한 몸부림의 기도가 되지요.
나의 위로라, 힘이라, 능력이시라.
수없이 부르짖으며 매달리는 기도가 되지요.
가장 낮은 자리에서 가장 비천한 모습으로
신음처럼 올리는 힘없는 기도가 되지요.

그러나 나는 믿습니다.
피흘림으로 완성하신 사랑이라는 이름으로

상처와 고통속으로 찾아오시는 주님이
정말 애썼구나..
정말 잘 참아냈구나..
정말 잘 살아냈구나..
내가 다 안다..
이름 불러주시고 안아주실 줄 믿습니다.
모든 억울함을 갚으시고 매듭을 풀어주시고
새로운 길을 여실 줄 믿습니다.
수없이 부르고 불렀던 그 이름이
친히 길이 되어 주실 것을 믿습니다.

같이 기도하겠습니다..

따오기

김영주 시&에세이

쭉정이의 아름다움

품었던 씨앗도 모두 날아가고
빈 둥지만 남았다.
쭉정이 빈 껍질이 서러워도
누구에게나 남겨진 아름다움이 있는 법.

아무 쓸데 없는 마른 가지일지라도
소 먹일 여물도 끓이고
냉냉한 방구들도 따듯하게 데울 것이며

땅에 떨어져 짓밟힐 지라도
흙에 덮혀 썩고 썩어 거름이 되어
이 힘을 모아 또 하나의 우주를 품을 것이며

이미 흩뿌려 심겨진 씨앗들이
대를 이어 꽃을 피우고 열매를 맺을 것이니
어찌 억울하다고만 말할 것이며
이 세상 그 어디에도 쓸모없는 존재는 없는 법.

힘들고 어려운 세상살이.
빈손을 들여다보며 절망할 때도 있지만
그래도 돌아다 보면

누구에게나 남겨진 희망이 있는 법.

따오기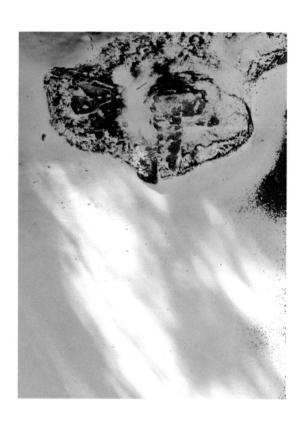

김영주 시&에세이

내려놓음

하나의 생명이 스러진 자리에
또 하나의 생명이 자랍니다.
하나의 아름다움이 스러진 자리에
그리움이 꽃처럼 아름답습니다.
하나의 시간이 정지된 자리에서
또 하나의 우주가 또아리를 릅니다.

열정을 품을 수도, 희망을 키울 수도 없는
무엇을 할 수도, 무엇이 될 수도 없는
허망한 자리에서
모든 것을 내어 주고 품었더니
모든 것이 되었습니다.

죽어야 사는 것.
포기하고 내려놓고 비워내야만 채워지는 것.
말로 안 해도 마음 깊이 다가오는
그것은 진리입니다.

따오기

봄 마중

아쉬움 끝에 매달린 겨울바람
한달음 달려오던 봄기운 밀어낸다.

훌훌 털지 못하고 남상대는 칼바람에
한 조각 미련이 흔들린다.

한겨울 삭풍에 얼부푼 몸 풀어내어
이렁저렁 품어 키운 꿈 한마당 일 깨우나

한바탕 눈바람으로 재우쳐 잠재우니
철모르고 봄 마중 채비하던 솔방울

하얀 눈 덮어쓰고 어디쯤 오시려나
기웃기웃 봄 기다림 언 땅을 녹인다

따오기

눈물

때때로 찬양드리며, 말씀을 읽고 들으며
흐르는 내 눈물의 정체가 궁금해질 때가 있다

스스로에 대한 연민의 눈물인가.
정말 주님으로부터 오는 긍휼의 눈물인가.
더 할 수 없는 감사와 그로부터 오는 은혜의 눈물인가.

어느 날.
억울해서 울다가, 왜 내게.. 불평하며 울다가,
아무도 없는 것 같은 외로움에 울다가 ,
너무 초라해지는 내 뒷모습이 슬퍼서 울다가,
오직 내가 불쌍해서 울다가 울다가..

하나님께 통곡과 눈물로 간구와 소원을 올리신 (히5:7)
주님의 사랑을 깨닫는다.
아들이시면서도 받으신 고난으로,
순종함으로 영원한 구원의 근원이 되신 (히5:8-9)
주님의 은혜를 깨닫는다.
사랑받을 자격 없는 사람들에 대해
주님이 품으셨던 긍휼의 마음을 깨닫는다.

나를 괴롭히는 상황도 주님의 섭리 안에 있고
나를 괴롭히는 사람도 주님의 사랑 안에 있다는 깨달음이
긍휼의 마음을 품게 하였고 비로소 그들을 위해 울 수 있었다.

독한 말을 눈물로 흘려 버리고
긍휼의 마음으로 그를 위해 울게 된다.
결국 그것은 억울함과 애매함으로 다친 나를 치유하고,
완악해진 마음을 부드럽게 만드는 기도가 된다.
그리고 주님이 주시는 평강은 선물이 된다
절망과 슬픔을 넘어서는 감사가 능력이 된다.

주님!!
여전히 긍휼한 마음으로 울게 하시고
여전히 은혜와 평강을 누리게 하심을 감사합니다.
주님 사랑합니다~

따오기

김영주 시&에세이

봄바람

살랑살랑 봄바람에 흰 추위가 물러가며
포롱포롱 날갯짓에 초록의 우주가 열린다.

소소리바람이 빈 들판을 휘돌아 나가고
혹독한 시간 살이 끝낸 대지가 소소하니 빛날 때

나른한 햇살 아래 물오른 가지마다
일렁일렁 춤추며 꽃망울이 터진다.

길섶을 따라 강짜하는 꽃샘바람 끄트머리
대롱대롱 매달린 미련조차 털어내고

소근소근 나풀나풀 사박사박 돌돌돌
잎새를 흐르는 봄볕이 소리를 낸다.

따오기

기다림

이리저리 열려있는 시장 모퉁이 한 켠에서
하염없이 기다리고 소망하는 한 가지는
어서 속히 이 삶의 짐이 가벼워지기를.

축 처진 어깨 위로 내려앉는 외로움은
길바닥으로 흩어지는 긴 기다림은
여인이 짊어져야 할 인생의 무게.

사방으로 열려있는 길 위에서
사람과 사람이 이어지고
물질과 물질이 이어지고
어제와 오늘이 이어진다.

시간과 시간이 흐르고 흘러가는 길가에
기다림이 내려놓고 가는 일용할 양식.
기다림에는 끝이 없다.

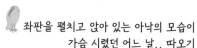 좌판을 펼치고 앉아 있는 아낙의 모습이
가슴 시렸던 어느 날.. 따오기

잎새 달

온 천지가 사랑스런 봄입니다.
화려하고 몽롱하고 아름답게 살아납니다.
눈길이 닿는 곳마다 파스텔빛 몽환의 4월.
낭창낭창 휘 감기는 새색씨 치맛자락 같습니다.

졸졸 흐르는 시냇물소리도 ,
쫑쫑 이름 모를 새의 지저귐도
호로롱 날갯짓도 모두 투명한 수채화
신의 손끝에서 완성되는 한폭의 풍경화

봄은 단잠을 자고 일어난 아가의
발그레한 볼을 닮았습니다.
잠이 덜 깬 듯 반쯤 감긴 눈으로 건네는
환한 미소를 닮았습니다.

검불덤불 헝클어진 머리카락,
이리저리 뒹굴며 잔 흔석소차
어찌 그리 사랑스러운지..
여기저기 삐쭉삐쭉 고개를 내미는 어린 싹들은
잠에서 깨어나는 아가와 닮았습니다.

순식간에 지나가는 잎새 달 4월
또한 순식간에 흘러보낸 아름다운 것들이
오늘은 내게로 다가와 머물러 향기로 말합니다.

잠시 발걸음을 멈추고 서서
가슴으로 그 충만함을 안고
황홀한 일렁임을 온몸으로 담아내라고..
그 힘으로 남은 시간 들을 힘껏 살아내라고..

수없이 많은 색깔 중에도 어린 색이 있습니다
배시시 깨어나는 어린아이처럼
자체로 빛나는 존재인 봄은
어둠을 이겨낸 생명의 환호성입니다.

세밑일기

마른 낙엽 하나하나마다
시간이 한 줌 추억이 한 사발이다
조용히 땅바닥으로 내려앉은 시간을 줍고
쌓여간 그리움을 소환한다

바람에 쓸려 이리저리 나부대는 낙엽이
흘려보낸 시간을 끌어안고
버석버석 메마른 목소리로 말한다

나는 봄에 파릇한 희망이었소
나는 여름에 울창한 열정이었소
나는 가을에 형형색색 풍요로움이었소
가지 끝에 열매를 내주고 이제 내 할 일을 다 했소

걸음을 멈추고 서서 뒤를 돌아보니
내 기도 속에 있었던 수 많은 사연들이,
미루다 놓쳐 버린 것에 대한 아쉬움들이
함께 머물러 서 있다

어느 날 친구가 내게
왜 그리 사람 부침이 많으냐고 안타까워한다

그것 빼고 나머지는 다 좋다고..
그것만 빼고 다 좋았노라고 대답하며
생각이 흐르는 대로 흐르게 놔둔 채
두 손 모아 앉고 보니

비로소 내 곁에 남아 있는
아흔아홉가지가 선물처럼 눈에 보인다
작은 위로와 큰 감동의 순간순간들이,
아픔도 실망도 슬픔조차도
또 다른 이름의 감사라고 말씀하신다

늘 그러하듯이
같은 기도와 같은 기대를 품고
하루하루 같은 듯 다른 그림으로
갈무리하는 세밑이 흐른다

낙엽을 긁어모아 태우다 보면
타닥타닥 투욱 툭 타는 소리가 다르고
스멀스멀 코끝에 냄새가 다르고
화르륵 타는 모양이 다르다
불 소리와 불 내음 사이로 시간이 흐른다

김영주 시&에세이

또 일 년의 시간 살음 후에
나는 어떤 소리를 내며
어떤 냄새를 피우며
어떤 모양의 낙엽이 되어 흐를까

새해엔
지금까지 지내온 것 주의 크신 은혜라..는
감사와 고백이 흐르게 하소서

따오기

꽃바람

마른 가지 사이로 시간이 흐른다.
바람 한 점 피할 곳 없는 들판에 서서
된서리 매서운 삭풍을 고스란히 품어내느라
수고했다 애썼다 토닥토닥 쓰담쓰담.

꽃망울 사이로 봄이 흐른다
상큼 달콤 향기를 피우며
살랑살랑 꽃바람을 흔들어 깨우며
살포시 어루만지며 봄길을 낸다.

혹독한 겨울 살이 차디찬 얼음골은
간질간질 봄바람에 살며시 녹아내리고
보드라운 흙더미를 머리에 이고
봄빛에 눈부신 새싹의 곁눈질이 곱다.

따오기 🦅

새해맞이

시냇물이 강으로 흘러가며
바다까지 이르는 물길을 만들어 간다.
조금씩 흘러가며 흙을 적시고 물꼬를 트고
그렇게 시간 따라 흐르면서

사라짐과 새로움의 경계에서
새 길을 만들던지
이미 만들어진 길을 따라 흐르던지
어떤 모양이든 보이게 보이지 않게
흔적을 남긴다

흘려보낸 시간의 조각들이
내일이라는 이름으로 나타날 때
과거라는 흔적 앞에 부끄럽지 않기를..
날마다 꾹꾹 눌러 채운 일상들이
미래라는 이름 앞에 아름다운 기록으로
남을 수 있기를..

새해를 시작하는 새 맘 다짐
무엇을 하든 코람데오다
따오기

엄마

엄마는 나무다
땅 깊숙히 뿌리를 박고
태풍 앞에서도 당당히 서서
흔들리는 이파리 하나하나 소중하게
지켜내는 먹먹한 나무다

엄마는 이불이다
필요할 때만 찾는 이불
수없이 걷어차이고 버림을 당해도
한구석에서 묵묵히 기다려주고
자기를 내주는 이불이다

엄마는 밥상이다
짜다 맵다 싱겁다 뜨겁다..
수없이 거절해도
또 한 번의 거절을 사랑으로 버무려
때에 맞춰 차려지는 따뜻한 밥상이다

엄마는 몽둥이다
엄마는 지팡이다
바른 삶을 살도록

김영주 시&에세이

눈물을 참고 몽둥이가 되고
곁을 지키며
눈물을 흘리며 지팡이가 된다

엄마는 샘물이다
가슴 깊은 골짜기로부터 차오르는
마르지 않는 깊고 푸른 사랑으로
상처와 갈증을 흘려보내는 샘물이다

엄마는 열려있는 대문이다
세상 살음에 비틀대는 발걸음
걸려 넘어지지 않도록..
허덕허덕 빈손으로 돌아와도
머뭇머뭇 서성대지 않도록..
하릴없이 불쑥 찾아와도
외면당하지 않도록..
언제나 자물통이 없는 대문이다

엄마는 엄마다
필요에 따라 부르는 이름이 아니다
위치에 따라 부르는 이름이 아니다

엄마는 서열이 없다 그냥 엄마다
엄마는 이름이 없다 그냥 엄마다

따오기

엄마 손에 자라서 엄마와 똑같은 엄마가 되고..
내 자녀들이 또한 그런 엄마의 길을 걷는 모습을 보며
응원과 기도 한스푼 듬뿍 얹는다~~

걸음마를 시작한다.

은퇴하고 섬기는 교회를 떠나고
섬길 교회가 정해져 있지 않다는 것은

어디에도 속해 있지 않다는 자유함과
어디에도 매여 있지 않다는 허전함이 공존하는
또 다른 시간을 사는 것이다

누구에게도 간섭받지 않는 자유로움 속으로
세상의 시간이 비집고 들어 왔다
세상의 문화가 슬그머니 자리를 잡는다.

어느새 유투브의 예배를
쇼핑하듯 기웃기웃 둘러보는
예배를 드리는 것이 아닌
예배를 보는 구경꾼이 되었구나..

몇몇 교회의 예배와 설교를 들으며
예배를 때운 죄의식을 덜어내고
합리화 구실을 찾아 채우는 변명꾼이 되었구나..

나는 어디에 매어 있는가

사명은 어디에 멈추어 버렸는가

멈춤의 자리에서 방향과 속도를 정하고
정답이 없는 길에서 정답을 찾아 나선다
내가 보고 싶은 것만 보고,
듣고 싶은 것만 듣지 않기 위해..

주님과 함께 하는 길을 걷고
주님의 임재를 따라 걸으며
날마다 버리고 구하는 길 위에서
새로운 걸음마를 시작한다

새벽 미명에 홀로 앉아 소원의 끈을 풀다.
어깨 위로 내려앉은 질곡의 흔적들이 물처럼 흐르고
그 간절함이 소원의 강 위로 내려앉는다.

하늘로 올린 기도의 향기가
애매히 흩어지지 않고 소원의 항구에 이르기를..
그 간절함이 안개를 밀어낸다.

주님! 나의 기도가

흔들리지 않는 주춧돌이 되고
든든한 기둥이 되며
아름다운 울타리가 되게 하소서. 아멘

따오기 묵상

화양연화

나의 그릇장을 열어 보면
내 나름 이쁘고 귀한 그릇들이
보석처럼 숨어 있다.

모아 놓은 그릇 하나하나마다
두런두런 옛이야기들이 담겨
달콤 씁싸름한 추억을 부른다.

그러나 정작 매일 쓰고 있는 그릇은
군데 군데 이가 빠지고 깨져
흉물스럽기조차 한데
익숙해서 편하다고 아깝다고 버리지 못하고..

오늘도 이 빠진 그릇에 음식을 담는다
정성껏 만들어 낸 음식이
볼품 없는 모습으로 식탁 위에 놓인다
마치 내 시간들이 하찮은 것으로
채워지는 듯 보기 싫다.

세월의 더께가 두텁게 내려앉은
이 빠진 그릇들을 버리고

그릇장 깊숙한 곳에서 이쁜 그릇을 꺼낸다
김치 한 조각을 담아도
나의 오늘을 귀하게 대접하리라.

작고 소박한 밥상머리에서
나의 화양연화를 새롭게 시작한다
인생에서 가장 아름답고 행복한 순간이라는
화양연화를 가득 채워 담아
나의 오늘이 아름다운 내일이 되기를
가만히 소원한다.

따오기

답설야중거

살면서 어떤 결정과 선택을 할 때
과연 지금의 내 결정이 옳고 바른것인가
늘 새로운 길을 가는 두려움과 불안함이 크다

하나의 선택이 긍정적인 결과든
부정적인 결과든
그것은 하나의 길이 되어 남는다

인생이 리허설을 하며 살 수 없어서
때때로 못동을 만나는 아픔도 좌절도 경험하고
수없이 넘어지며 길을 만들어 간다

미리 알고 살 수 있다면
정답이 정해진 바른길만 갈 수 있다면
얼마나 좋을까

그래서
바른 결정을 할 수 있도록 기도하며 간다
주님의 도우심을 의지하며 그 지혜를 구하며 간다
나의 선택을 인정해 주시기를 바라고 구하며 간다

김영주 시&에세이

그렇게 뚜벅뚜벅 길을 내고 걷다 보니
어느새 원로라는 이름이 붙어 있다
그 이름의 무게가 또 무릎을 꿇게 한다

내가 걸은 길을 따라 올 자녀들에게
지금까지 함께 하신 주님을 바로 보여야 하니까
은혜를 구하며 사는 삶을 보여야 하니까
그 부담감조차 감당하며 길을 가야 하니까

서산대사가 지은 답설야중거라는 시를 생각한다
'눈 덮인 들판을 지나갈 때 모름지기 함부로 걷지 마라.
오늘 걷는 나의 발자국은 반드시 뒤따라오는 사람의
이정표가 될 것이다'

따오기

가을 앓이

하늘 끝자리까지 다 보일 듯 맑고 쨍한 날
햇살 좋은 창가에 자리 잡고 앉아
향기 좋은 커피를 마시며 좋아하는 음악을 들으며
멍 때리기 좋은 날이다.

부드러운 가을 햇살이 마음을 말랑하게 하고
귓가에 들리는 소음조차 감미롭다.
모든 것을 다 품어도 될 만큼 너른 품을 내어 주는
넉넉한 계절이 축복처럼 곁에 머문다.

카카오스토리 친구님이 존덴버의 투데이를 올리셨다
존덴버의 목소리는 마법처럼
봄에 들으면 봄이 되고 가을에 들으니 가을이 된다

오랫만에 듣는 올드팝 한 자락이
잊고 있던 옛 추억을 소환하고
그렇게 나의 가을 앓이는 더욱 깊어진다.

훌쩍 지나가 버릴 오늘의 가을
햇살 한 줌도 놓치지 않으려고 해바라기하며
투데이 가사 중 한귀절로 내 가을을 채운다…

김영주 시&에세이

"오늘이 나의 중요한 순간이고 지금이 나의 이야기입니다
난 웃고 그리고 울고 그리고 노래하렵니다 오늘.."
Today is my moment, now is my story
I'll laugh and I'll cry and I'll sing. Today..

따오기

꼰대의 시간들

나이를 먹는다는 것은
정해진 길을 따라 걸으며
새로운 눈으로 세상을 보게 되는
참으로 놀라운 경험이다

어릴 땐 내 눈높이에서 보던 평면적인 풍경이
어른 되고 나이 들어 멀리 볼 줄도 알고
옆에서 보는 여유도 부릴 줄 알고
높은 곳에서 보는 또 다른 입체적인
풍경을 그릴 줄도 알게 된다

젊은 시절 들끓는 열정에 묻혀
주변 돌아볼 새 없이
앞만 보고 내달리더니

청년의 시기를 지나며
위기도 만나고 아픔도 겪어 내고
희노애락의 언덕을 넘어서야
비로소 사방을 둘러보며 살게 된다

어린 눈으로 이해하기 어려운 일들도

이제사 이해하게 되는 너그러움도 생기고
늘 곁에 있어서 보이지 않던 것들이
다시 돌아와서 보면 보이는 것들이 있다.

내 손과 살핌이 필요하던 사람들. 상황들..
더 많이 기뻐할걸, 더 깊이 사랑할 것을..
자꾸 뒤돌아보게 되는 게 있다.
후회라는. 아쉬움이라는 이름으로
선명해지는 사연들이 있다.

그렇게 시간은 나를 이끌고 달려
어느새 노년의 한가운데에 서 있다
옛날에는 말이야 그 때는 말이야
어설픈 평계를 담아
허공에 대고 손을 내밀어 보는 시간.
끝모르고 익어가는 꼰대의 시간이 흐른다.

나이를 먹는다는 것은
그래서 오늘을 더욱 사랑하고 감사하며
누리며 살아도 된다는
아름다운 면죄부를 받는 것이다   따오기

동네 한 바퀴

남편과 동네 길을 산책한다

계절에 따라 컨디션에 따라
어제와 같은 익숙한 길에서
낯선 풍경을 만날 때면
여행을 하는 듯한 설레임도 있다

걷다가 한 작은 카페에 들어간다
페퍼라떼 라는 생소한 이름의 커피를 주문한다
늘 같은 커피 아메리카노만 먹다가
사소한 변화를 맛보는 즐거움이 있다

따뜻한 커피 한 모금
입 안으로 퍼지며 마음을 데운다
사르르 마음 빗장이 열리고
무한 미소가 번진다

한 잔의 따뜻한 커피 향기가
대화를 데운다
뾰족뾰족한 대화를 누그러뜨린다

천천히 맛을 음미하며
기분을 먹고 분위기를 마신다
마음의 온도가 올라가며 여유를 채운다

손으로 전해지는 커피잔의 온기가
마음을 고요하게 다독인다
둘러보면 마주 앉은 표정들이 다정하다

여기저기서 살기 팍팍하다고..
사람 관계가 너무 어렵다고..
해야 할 일이 너무 많아 지친다고..
세상 소리들이 와글와글 대는데..

마음으로 짊어진 짐보따리들
커피 한 잔으로 살살 녹여
오늘도 수고했소 따뜻한 눈빛으로
작은 위로를 나누는 동네 한바퀴.

따오기

주름살

칠십 년 시간이 수많은 우여곡절을 매달고
마디마디에 새겨진 세월이라는 이름으로
내 얼굴과 손등에는 새로운 산과 골이 생겼다
높은 산 낮은 산 , 그 사이 골짜기로
푸르스름하게 실핏줄이 강처럼 흐른다

거울 속 할머니의 깊은 주름 위로
나잇살로 다듬어진 삶이 꾸밈없이 흐르고
손등에 핀 검버섯 위로 인생이란 맨살이
깊어지는 노을 속을 걷는다

이제는 걸어온 발자국을 돌아봐야 할 때
놓아야 할 것과 흘려보내야 할 것을 아는
지혜가 더욱 필요할 때
심술궂은 늙은이로 남지 않도록
말에 지혜가 더욱 빛나기를 소원한다

때때로 노욕의 열정의 흔들림이
내 깊은 주름위를 내달릴 때마다
17세기 어느 늙은 수녀의
기도문을 나지막이 읊조린다

"저로 하여금 말 많은 늙은이가 되지 않게 하시고
특히 아무 때나 무엇에나 한마디 해야 한다고 나서는
그 치명적인 버릇에 걸리지 않게 하소서.
중략..
저를 사려 깊으나 시무룩한 사람이 되지 않게 하시고,
남에게 도움을 주되 참견하기를 좋아하는
그런 사람이 되지 않게 하소서."

따오기

멍때림

눈이 시리도록 푸른 여름이 가슴에 안기고
초록 이파리들 사이로 바람이 지나면
바람길에 햇살이 내려앉고
작은 떨림으로 물길을 가른다

어깨를 누르며 흐르는
땀방울조차 노곤한 오후
느리게 움직이는 시간을 멍하니 마주한다

나뭇잎 하나하나 점점이 이어지고
천천히 선으로 흐르는데
그 사이를 늘쩍지근한 적막이 채운다

왠지 혼자 남겨진 것 같은 빈 공간
일상의 작은 순간들이
구불구불 점이 되고 선이 되어
인생이라는 시간의 마디마디 안으로
스스로 고요한 위로를 건넨다

여기까지 오느라 힘들었지?
참아내느라 애썼어

한 방울 땀도 얼마나 무거웠을까

달팽이 걸음 느린 생각속으로
멍때림의 시선 속으로
나뭇가지 위 그 푸르름속으로
한낮 폭염이 잠긴다

땅과 거기 충만한 것과 세계와
그중에 거하는 자가
다 여호와의 것이로다 (시24:1)

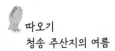
따오기
청송 주산지의 여름

민들레꽃씨

샛노란 사랑을 하고
하얗게 이별한다

하늘하늘 손을 흔들며
바람 타고 나붓나붓

어디라도 날아
하염없이 동동

푸서리 들판이랴
폭신 고운 흙더미랴

하얀 머리 풀어
살포시 내려앉아

저 절로 몸을 풀고
가만가만 뿌리 내린다

고운 눈길 햇빛 한 줌
산들 살랑 바람 한 줌

자박자박 이슬비
토닥토닥 힘내라

여기가 니 꿈터요
비로소 니 자리구나

사랑하고 헤어지고
일렁이는 마음 품고

하얗게 하늘 나는
민들레 꽃씨 하나

훠이훠이 긴 여행길에
동무 삼아 보내는 소원

부디 아름다워라
부디 행복하거라

따오기

청풍호수의 새벽

산그늘이 호수 깊이 가라앉고
알싸한 하늘이
살포시 그 위를 덮는다

햇살이 부서져 내리며
남은 어둠을 밀어내고
어스름 그늘이 잔물결을 일으키니

깊은 심연 속으로 가라앉은 새벽이
춤추듯 일어나
반짝반짝 햇살 가루를 뿌리며
또 하나의 산을 그린다

등 너머 기억의 조각들이
햇살 보석이 되었으니
시간이 흘러도 아름답게 추억할
눈부시도록 빛나는 윤슬의 아침이다

따오기

오매 단풍 들었네

단풍이 익어 간다
이파리 하나하나가 작고 큰 캔버스가 되고
빨강노랑의 경계가 번지듯 섞여
절정의 수채화 속으로 가을이 흐른다

물감을 흩뿌려 놓은 듯 신비롭고
섞인 듯 덧칠한 듯 화려하게 채색된
그 가을 속엔 시절을 잃은 채
버석버석 시들시들 메마른 이파리들도 섞여
건들마 한 자락에 바스락 후루룩 내리고
무심하게 툭툭 떨어진다

하나하나 가까이서 보면
서럽고 볼품없는 모양새이나
모여 있으면 그리 아름답다 곱다.
멀리서 보면서 울긋불긋 오매 단풍 들었네
먼 길 마다 않고 가을 여행을 한다

때를 알아 때에 맞춰 때를 따라 살아가는
사람살이도 마치 단풍과 같다
찬란하게 붉다가 떨어지는 낙엽과 닮아있다

모두 자신을 지우고 떨구어 내며
시간의 사이를 머무름 없이 흐르고 이어 간다

인생은 가까이서 보면 비극이지만
멀리서 보면 코미디라고 찰리 채플린은 얘기한다.
멀리서 봐야 아름다운 것이 비단 낙엽일 뿐이랴..

따오기

김영주 시&에세이

어느 날의 단상

☆하나. 와글거리던 마음

어느 여행길에서 지인들과 농담처럼 나누던 대화
친하다고, 잘 안다고, 아무 생각 없었다고,
아니면 말고 식의 말들이 *바늘치명이 된다.
나와 너무 가깝고 서로의 성격도 너무 잘 알아
나를 넘어뜨리려는 의도가 아닌 것을 알면서도
부정적으로 마음이 넘어가는 것은 왜 였을까.

☆둘. 아무도 모르는 마음

지금까지 무얼 하고 살았는가.
내 삶 전부가 부정당하는 것 같은 상실감으로
낮아질데로 낮아진 내 자존감은
땅바닥에 길고 어두운 그림자로 흐른다.

사모로 남편의 시간에 맞춰 사는 삶이지만
불만보다는 감사가 넘치는 생활이었고..
성도들에게 내 능력 이상으로 높임받고 사랑받고..
남편의 능력만큼 인정받고 칭찬받으며..
그게 나인줄 알았다.

170

그러나 사모라는 이름으로 살면서
달란트를 죽이고 사는 게 사모의 십자가라고
생각하고 살았는데 막상..
따오기, 그림자라는 별명 말고
스스로를 표현할 무언가가 없다는 것이
새삼 슬프다.

눈부시게 파란 하늘과 하얀구름
쪽빛 바다와 파도가 영롱하게 반짝거리는
아름다운 여행지에서
나홀로 나락으로 추락하고 있다.

☆셋. 멈추고 선택하기

잠시 생각을 멈추고
부정적인 생각의 흐름을 바꿔본다.
사진을 찍을 때 와이드렌즈로 렌즈를 바꾸면
피사체의 또 다른 아름다움이 보이는 것처럼..

쿠션(조신영작가의 책)을 생각한다
부정적인 생각과 긍정적인 생각에서

선택은 어차피 나의 몫이라는 것을..
좋음과 축복을 선택하자..

그림자는 물체의 모양대로 생기는 그늘이다.
그림자는 그래서 정해진 모양이 없다
그림자는 그렇게 스스로 빛날 수 없는 존재다.
그러나 물체도 그림자가 없으면
살아있는 것으로 여겨지지 않는다.

☆ 넷. 버리고 찾기

대수롭지 않은 말장난으로
내 안의 기쁨과 평안을 잃지 말자.

은혜와 감사를 찾고 구할 때
남편의 그릇만큼 큰 그늘에서
비로소 평안함을 회복한다.

남편이라는 모양대로 생기는 자리가 내 자리다
따오기와 그림자가 바로 나다
그러므로 오늘도 여전히

나는 행복한 따오기다.
나는 빛나는 그림자다.

몇 날 며칠 마음고생하다가 회복했던 날의 일기.
*「바늘치명」은 이해인 수녀님의 기쁨이 열리는 창에서
읽은 단어다

시를 쓴다

오늘을 종이 위로 옮겨 담는다
불현듯 사라지는 마음소리를 글로 담는다.

기억 속 마음을 꺼내 그리움이라 부르며
하나하나에 이름을 붙인다.

아름다워야만 이름 불러 그리워할 수 있으랴
외롭고 아팠던 것까지
감히 불러내고 이름 부르고 추억하고 놓아준다.

시를 쓰는 건
마음의 빗장을 풀어 두는 일이다
나의 시간들에게 이름을 주는 일이다
나의 마음에 색깔을 입혀 주는 일이다.

시를 쓰는 건
추억에 추억을 쌓는 일이다.

따오기

일기를 쓴다

종이 위에 걸름 없이 쏟아내며 풀어 놓는다
부서진 감정의 파편들이 더 이상 날카롭지 않다
어느새 모서리가 다듬어진 고운 감정이
나만 홀로 피해자가 아니라고 말한다
상처가 상처로 깊게, 길게 남지 않고
은혜로 덮어진 상황과 사람이 남아 있다

일기를 쓰는 건
나를 비워내는 일이다
그 안에서 보이는 나를 찾고 세우며
마음을 다스리는 일이다

일기를 쓰는 건
마음의 쓰레기통을 비우는 일이다
그 안에서 감정의 자유를 누리는 일이다
그래서 은혜를 보고 감사를 채우는 일이다

일기를 쓰는 건
흘러가는 시간을.. 흩어지는 기억을..
오늘을 담아 두려는..
내가 나를 추억하는 일이다   따오기

시장에서 만난 땅끝

한 시장 거리에서
마른 얼굴에 주름 가득한 노인을 보았다
남루한 옷차림과 그의 행색을 보면
그리 평안한 삶은 아닌 듯한데

인생의 짐 하나하나 벗어 놓고
세월의 짐보따리 조용히 내려놓고
부족할 것도 , 부러울 것도 없는
마치 뜻을 다 이룬 구도자의 모습이랄까

적수공권의 초라함 속에서 보이는 당당함
주름 가득한 얼굴에 퍼지는 파안대소
저 여유로움의 시작은 어디일까 그 끝은 어디일까
궁금증의 끄트머리에서 이어지는 생각

저분은 하나님과 어떤 관계일까
과연 예수님을 통한 구원이 그 삶을 붙들고 있을까
만약에 주님을 모르는 가짜 평안이라면..
만약에 주님과 상관없을 만족함이라면..
아! 만약이라는 단어가 가슴 시리다.

일평생 나그네같이 살다가
여행자처럼 유유자적하며 살다가
삶을 마감하는 순간
그 앞에서도 파안대소 할 수 있을까

시장 거리에서 땅끝을 보며
그 시급함에 가슴이 떨린다.

따오기

걷다 보면

걷다 보면 보이는 풍경속으로
저마다의 색깔로 풀어낸 계절이
처연하게 익어가고 있다

걷다 보면 들리는 소리소리들.
바람의 소리가 새의 지저귐을 나르고
나무 이파리의 소곤거림을 데려온다

걷다 보면 맴도는 냄새가 있다.
봄여름가을겨울 세월이 흐르며 만들어 내는
시간의 냄새가 코끝에 매달린다

걷다 보면 만나는 인생이 있다
비탈길도, 굽이진 골목길도
돌부리에 넘어질 뻔 위태로운 길도 만난다
걷기 고단하고 힘들고 비틀거려도
이 길 끝에서 만날 평지를 기대하며 걷는다

스쳐지나는 그자리와 그시간들
내일이면 오늘의 흔적은 사라질테지
그리스 철학자 헤라클레이토스는 말한다

"누구도 같은 물에 두 번 발을 담글 수는 없다
두 번째 발을 담글 때, 강은 같은 강이 아니고
그도 같은 사람이 아니다."

걸으면서 보이는 모든 것에게
차근차근 마음으로 안부하며
천천히 걸음을 옮긴다

보이는 모든 것들이 날마다 흐르고 있다
오늘의 추억을 기억속에 담아 두고

따오기

가을이 가네

가을이 가네
머뭇머뭇 부비적 거리며
빨갛게 노랗게 얼굴 적시고

내주고 떠나야 할 자리
돌아보며 휘이휘이 가을이 가네.

시간이 시간을 밀어내며
짧아진 하루해가 산자락에 달리고

지난한 시간 살이 추억으로 풀어
울긋불긋 속살 태우며 먼 산을 넘네.

흘러가는 듯 흘려보내는 듯
계절을 떨구며 흐르는 낙엽

추적추적 느린 걸음
시간 골이 낸 길 따라 가을이 가네.

따오기

마지막 잎새

추적추적 비 마중 가을이 내린다.
후둑후둑 낙엽 따라 흩어지는 그리움
스러진 자국마다 기다림이 익어간다.

한여름 열정이 이랑 따라 흐르고
냇내 나는 들판이 허허로운데
앙상한 가지 끝에 추억 하나 걸려있다.

서리 가을 손잡고 해지개를 바라보니
가을 비꽃 따라 살랑살랑 부는 바람
해거름 빈 하늘이 아릿아릿 설워라.

따오기

포인세티아 전설

아주 먼 옛날 가난한 소녀가
아기 예수님께 드릴 예물이 없어
사랑과 경배의 마음 담아 드린
보잘것없는 들풀 한 다발

제단에 드려진 소녀의 마음이
별이 되었네 꽃이 되었네
크리스마스 전설이 된
아름다운 꽃 포인세티아

진초록 이파리 위에 내려앉은 붉은 꽃
꽃이 별이 된 듯 별이 꽃으로 앉은 듯
붉다 붉다 피멍들 듯 보혈을 머금은 듯
꽃인 듯 꽃이 아닌 성탄의 꽃 포인세티아

우리의 시선이 머무는 곳에
예수님이 있기를
우리의 마음이 닿는 곳에
주님의 보혈이 있기를
우리의 두 손에
진정한 사랑과 경배가 들려지기를

따오기

182

현재진행형 기도

하나님 아버지.
사명의 자리에, 하나님의 부르심의 자리에서
목회자의 길을 가는 세명의 목사가 있습니다.
이젠 은퇴하고 원로가 된 남편과 아들과 사위..
그리고 이제는 남편을 위한 기도제목들이
아들과 사위를 위한 현재진행형 기도가 되었습니다.

하나님 아버지.
사랑하는 주의 종들에게
성령의 능력으로 매일매일 충만하게 임하시고
그들의 사역과 인생을 풍성케 하시고 평안케 하시되
그들의 사방에 평안을 주소서.

엄청난 부담과 책임이 따르는 목회현장에서
항상 좋은 것을 선택해야 하는 수많은 순간들을
맞딱드리며 얼마나 많은 고민을 하게 될까요..
그 사이에 무인도에 홀로 있는 것 같은 고독감,
내 편이 하나도 없는 것 같은 외로움과 두려움을
마주하게 될텐데.. 오 주님

그때마다 우리 하나님의 능력의 손이

피난처요 산성이시요 피할 바위 되시며
영원한 내편이 되어 주셔서 순간순간
"잘했어, 수고했어, 괜찮아" 안아주시는 은혜가
매일 새로워지는 목회현장이 되게 하소서.
그리하여 지치지 않고 목양의 길을 가는
행복한 목회자가 되게 하옵소서.

하나님 아버지.
육신의 연약함으로 인해
하나님의 말씀을 전하는 사역이 중단되거나
방해받지 않도록 육신을 강건케 하시되
부르심의 목적을 다 이루기까지 지켜주옵소서.

하나님 아버지.
말씀을 들고 설 때마다 선포되는 말씀이
권세있는 새교훈이 되게 하시고
말씀이 선포될 때 하나님의 능력이 선포되고
성령의 역사가 충만히 선포되어
살리고 치유하고 부흥케 되는
은혜의 현장이 되게 해 주시옵소서.

시간이 갈수록 초심을 잃지 않게 하소서.
처음 헌신할 때의 순수함과 영혼을 향한 열정과
주님을 향한 사랑이 변질되지 않게 하소서.
시간을 통해 얻은 작은 경험과 짧은 지식을 버리고
오직 주의 은혜로 믿음과 사랑이 넘치는 가운데
일하게 하소서.

저들의 목회현장을 축복하시되
그들이 양 떼와 소 떼에 마음을 두고
형편을 부지런히 살피며 (잠 27:23) 섬기다가
위로와 사랑이 풍성한 은혜의 현장을 살게하소서.
표적과 이적과 기사가
거룩한 종 예수그리스도의 이름으로 나타나는
영혼을 살리는 목회현장이 되게 하소서.

처음부터 끝까지 믿음에서 믿음으로 기도에서 기도로..
모든 판단과 결정과 선택이 주님의 인정을 받는 결과로
나타나 그것이 목양의 권위가 되게 하소서.
주의 크신 이름을 인하여 도우소서.
예수님 이름으로 아멘!

여호와께서 솔로몬을 모든 이스라엘의 목전에서 심히 크게 하시고 또 왕의
위엄을 그에게 주사 그전 이스라엘 모든 왕보다 뛰어나게 하셨더라
(대상29:25) 아멘.

따오기

사랑하는 권사님

사랑하는 김권사님께서 소천하셨다.

지팡이를 의지하여 걷는 걸음 마다
하나님을 사랑하는 믿음이 묻어나고
한결같은 미소로 잡아주시는 손 끝마다
교회와 주의 종을 향한 사랑과 존경,
감사와 기쁨의 향기를 품어내는
무언의 위로자가 되셨던 권사님.

해마다 스승의 주일이면
노구를 이끌고 어둔 눈을 비비며
또박 또박 적어 내려간 편지.
한자 한자 글 마디마디에서 번지는 찐한 사랑이
넘치는 감동이 되어
마음을 풍성하게 만들던 권사님.

사심없이 순전하게,
불순물이 없이 투명하게,
마음그대로 보이시던 미소.
많은 말이 아니어도
눈으로 마음으로 손끝으로 전해지던 사랑.

김영주 시&에세이

90평생 부대끼며 끌어안고 기도하시던
인생의 짐을 조용히 내려놓고
평안하게 하늘로 돌아가신 권사님.

어머니의 기도가 그리울 자손들에게
기도의 자리를 남기시고
그 따뜻한 손이 그리울 후손들에게
사랑의 추억을 남기시고
하나님이 주신 날 수를 사명대로 산
흔적을 가지고
하나님 품에서 어린아이 같은
미소를 짓고 계실 사랑하는 권사님.

권사님과의 추억이
새록 새록 그리워질 것입니다.
주님안에서 편히 쉬세요.

따오기

낙산일출

동해안쪽으로 남편의 일정이 있던 날.
낙산에서의 일출을 기대하며 여장을 풀다.

설렘으로 새벽을 깨우고 카메라를 들고
아름다운 돋을볕을 기다린다.

하염없이 시간이 흐르고
구름이 해오름을 가리고 막아선 채
낙산의 일출이 아쉬움속으로 흘러갔다.

구름위로 드러난 햇살은
어제와 다름없이 눈부시게 쏟아져 내리고
우리의 실망을 뒤로 한 채
모든 일상은 조용히 진행되고 있다.

작은 방해꺼리 앞에서
실망하고 좌절하는 인생이여.
껌딱지처럼 떨어지지 않는 근심구름 뒤에
여전히 빛나는 태양을 바라보자.

어깨위로 쌓이는 고단한 먹구름 뒤에

김영주 시&에세이

단단하게 옥죄이는 인생 빗장을 열어 줄
태양보다 더 크신 하나님을 바라보자.

보이는 소망이 소망이 아니니
보는 것을 누가 바라리요
우리가 보지 못하는 것을 바라면
참음으로 기다릴지니라. (롬8:24-25)

한 사람

때때로 거리 한켠에 가판대를 설치해 놓고
휴대폰을 바꾸라고 호객하는 모습을 보게 된다.

저렇게 휴대폰을 바꾸는 사람들도 있을까..
저기서 휴대폰을 사는 사람들은 누굴까..
평소에 대충 이런 생각을 하며 그냥 스쳐 지나곤 했다.

며칠 전 이였다. 한 청년이 다가온다.
"휴대폰 하나만 바꿔주세요. 오늘 하나 못 하면 짤립니다."

어찌나 막무가낸지 귀찮아서 피하다가,
너무 간절하게 붙드는 그 청년의 얼굴을 보았는데
불현듯 아들과 딸 생각이 났다.

만약 내 아이들이 어느 화급한 순간에..
도움이 절실하게 필요한 순간에..
아무도 그 목소리를 귀담아 들어주지 않고
외면해 버린다면..

지금 이 순간 이 청년에게 필요한 한 사람이
어느 순간 내 자녀들에게 필요한 한 사람이 된다면..

김영주 시&에세이

떨쳐지지 않는 이 생각이 내 발목을 붙잡고
어느새 계약서를 앞에 놓고 앉았다.
마음으로 기도하며 한자 한자 적었다.
오늘 이 청년에게 내가 도움이 되었듯이
내 아이들의 화급한 어느 순간에 꼭 필요한 한사람을
허락해 주시기를 간구했다.

청년의 말이 사실인지 아닌지 모르겠지만
책임양을 채우지 못하면 자동적으로 짤린다며
그 마지막 하나를 해 주셨다고 고맙다고 하는데
코 끝 아리게 성도들이 생각났다.

개인마다 짊어진 삶의 형태와 무게는 다를지라도
이렇게 힘들게 고단한 삶을 살고 있을 성도들 생각에
저절로 마음의 손을 모아 기도한다.

자녀 삼으신 하나님의 사람들을 축복하시고
우리 성도들의 삶의 여정가운데 꼭 필요한 한사람의 위로자,
협력자가 있게 하시어서 너무 지치지 않고 은혜중에
평안함을 누리게 해 주옵소서..
오늘도 저들에게 꼭 필요한 한 사람을 허락해 주옵소서..   따오기

행복의 조건

바나나를 들고 원달라를 외치던 아이.
언제 씻었는지 손끝마다 가뭇가뭇 낀 때.
언제 빨았는지 때절은 옷.

맨발로 관광객 사이를 헤집고 다닐 땐
작은 바나나뭉치가 그리 버거워보이더니
어느새 가벼워진 두 손에 껌 한통 받아들고
저리도 행복하다.

비단 옷이 아니어도
신발조차 못 신었어도
이전과 달라진 것 없어도
지금 아이를 행복하게 만든 건 껌 한통이었다.

"매일 행복하진 않지만 행복한 일은 매일 있어"
곰돌이 푸우가 했던 말이 이토록 실감될까.

순수함을 잃어가는 어른들은
행복의 유효기간을 짧게 잡는다.
좋은 옷을 입고 일주일.
새 차를 사고 한달.

새 집을 사면 일년.
산해진미도 한끼.

무엇을 입고 먹고 보고 누림으로써
얻는 행복의 덧없음을
모든 것이 헛되고 헛되다고
이미 말씀으로 확증해 주셨거늘.

우리들이 목적하고 달음질하며
취해야 할 가치는 영원한 절대행복.
오직 주님뿐.

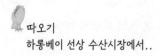 따오기
하롱베이 선상 수산시장에서..

고백합니다

주님께 나아가기 보다
근심하며 불평하는데 앞섰습니다.

말씀앞에 변명이 앞섰고
말씀따라 사는데 진실하지 않았습니다.

작은 성취에 자랑이 앞섰고
주님께 드릴 영광을 자주 가로채며 살았습니다.

강퍅하고 메마른 가슴으로
비난하고 비판하는데 앞섰습니다.

머리부터 발끝까지 사랑이란 이름으로 포장한
가증스러움 자체였습니다.

이런 죄악덩어리를 어찌 사랑한다 하십니까.
감당못할 사랑 베푸심은주님.. 어찜이십니까.

사랑하는 딸아 잊었느냐?

네가 내 이름을 부르는 순간

내 사랑으로 네 죄악을 덮었다는 것을.

내 이름으로 낳은 너를 위해
십자가를 참았다는 것을.

너의 무엇을 인함이 아니요 다만
피흘림으로 이룬 나의 사랑으로
사랑할 뿐이라는 것을.

내 생명으로 살린 너를 영원히
그 사랑으로 사랑하리니.

사랑하는 딸아. 그러므로 두려워 말라.
너는 내 것이라.

오 주님!
온 맘으로 감사합니다.
온 맘으로 신뢰합니다.
깊이 사랑하고 사랑합니다.

따오기

내가 무엇이길래

내가 무엇이길래
나를 위해 살을 찢으십니까
나를 위해 피를 흘리십니까
나를 위해 십자가로 가십니까

내가 무엇이길래
흘리신 피와 찢으신 살과 사랑으로
살리실 생명을 보듬어 안으시고
골고다로 가십니까

내가 무엇이길래
목숨같은 의미라 하십니까
생명같은 존재라 하십니까
그토록 존귀하다 하십니까

사람의 몸으로 오셔서
사람으로 죽으심은
죄 가운데 빠져 죽은 사람
나를 구원해 살리시기 위함이온데

주님을 위해 산 흔적도, 고난도

제대로 보일 것 없어 머리들지 못하고
흘리는 눈물조차 가증스러워..
숨을 쉴 수 없어 난 또 죽나이다

하오나..

그 피에 나의 죄덩어리가 녹아들고
그 살에 나의 부끄러움이 스며들어
숨기움을 얻어 비로소 살아
그 사랑으로 힘을 얻어 주님 바라봅니다.

향유를 주께 드린 여인을 칭찬하신 주님
주를 향한 나의 헌신과 사랑을 기억하사
내게도 그리 말씀해 주시옵소서
네가 "내게 좋은 일을 하였느니라"
상급을 계수하실 때 나를 기억해 주시옵소서.

따오기

주님이 내 대신하신 것은

주님이 내 대신하신 것은
조롱과 멸시, 절망과 고독
관계의 깨어짐과 죽기까지 낮아지심.

주님이 내 대신하신 것은
찔리고 상하고 피흘리고
산산히 조각난 주님의 육신
산산히 조각난 내 깊은 죄악.

채찍질 당하고 침뱉음 당하고
산산히 조각난 주님의 영혼
산산히 조각난 하나님의 진노.

주님이 내 대신하신 것은
목숨을 값으로 치르시어
사망에서 건지셨고
그 살리심에 대가를 요구함이 없으며

주님이 내 대신하신 것은
희생을 값으로 치르시어
죄악에서 건지셨고

김영주 시&에세이

그 용서하심에 조건을 요구함이 없네.

나를 향한 주님의 사랑은
십자가에서 당한 고난과
흘린 눈물 만큼 깊은 사랑.
남김없이 짓밟힌
자존심의 무게만큼 깊은 사랑.

하나님의 자녀로 산다는 것은
그 살리심에 합당한 삶이어야 한다는 것.
주님의 이름을 부르는 자들에게 허락하신
부활의 약속이 내 모든 헌신의 근본임을 잊지 않는 것.

따오기

코로나19

서릿발따라 내려온 갈바람에
낙엽이 후두둑 비처럼 내린다
한여름 무더위와 코로나바이러스까지
겹겹의 강제와 강요로 지친 마음도 함께 내린다.

사회적거리두기라는 이름으로
자유로운 일상이 어그러지고
대면, 비대면이라는 생소한 단어가 익숙해진 현실
가슴은 구멍난 듯 허전하고
시간을 도둑맞은 것 같은 빈손이 허허롭다.

하릴없이 서성이는 발길을 따라
수많은 세상 소리들이 부서지며
고막을 때리고 흩어진다
그 소란스러움 가운데 나지막히
가슴으로 들려오는 그리운 소리가 있다.

바람이 나무 사이를 휘둘러 지나며
산새들을 깨워 노래하게 하고
나뭇잎을 흔들어 풀벌레를 깨우고
파도를 부르면 바다는 일렁일렁 바위를 깨우며

김영주 시&에세이

나무가 숨을 쉬고, 새와 바람과 풀벌레가
숨을 쉬며 부르는 돌림노래 소리다.

아득하게 잊혀진 그리운 소리
코로나로 갇힌 일상의 갑갑함이
자연을 그리워 부르고 있다.
내년에는 나아질까요.

따오기

비로소

한 여름 무성한 나뭇잎에 가려 있던 나무의 본 모습이
모든 이파리를 떨군 뒤에야 비로소 보인다.
이리저리 뒤틀리고 비틀어진 앙상한 가지끝에
품고 있던 새둥지도 보인다.

아! 이런 사람이기를 소원한다.

나를 감싸고 있는 허세와 위선의 옷을 벗어버릴때
비로소 드러나는 민낯에 자신있는 사람!

담백하고 순수하고 거짓으로 치장하지 않고
꾸밈없는 맑은 사람!

거짓되고 악한 세상 방법에 흔들리지 않고
묵묵히 바른 길을 걸어갈 줄 아는 용기 있는 사람!

지혜와 온유함으로 완악함을 이기는
부드러운 화평의 사람!

비로소 보이는 뒷모습이 아름다운
은혜와 사랑으로 빛나는진실함이 능력이 되게 하소서.　　따오기

김영주 시&에세이

열 개의 사과

 맛있게 익은 다섯 개의 사과와 잘 익지 않은 다섯 개의 사과가 섞여 있는 열 개의 사과 중에 어떤 사과부터 먼저 먹을 것인가? 대개는 맛있는 사과를 아껴두고 나중에 먹으려고 맛없는 것부터 먹기 시작한다. 하지만 맛없는 사과를 먼저 먹는 동안 맛있게 익은 사과는 이미 그 맛을 잃어갈 것이고, 만약 맛있는 사과를 먼저 먹는다면 그 사이에 잘 익지 않았던 사과는 맛있게 익어갈 것이다. 이렇게 항상 맛없는 사과만 골라 먹는 사람이 있고, 항상 맛있는 사과만 먹는 사람이 있다.

 우연한 기회에 듣게 되었던 이야기는 생각의 전환점, 그 중요함을 다시 한 번 생각하게 되었다. 모든 것이 뛰어난 모범생인 형과 비교되는 것이 싫었고 그래서 더욱 빗나가기만 했던 형편없는 날나리 학창시절을 보냈다는 어떤 사람에게 고3 마지막 수업시간에 선생님이 던지신 열 개의 사과 질문은 머리를 쾅 울리는 충격으로 자신을 돌아보는 계기가 되었다고 한다.

 자신은 얼마든지 맛있는 사과만을 먹을 수 있는 환경에서 지금까지 맛없는 사과만 골라 먹었다는 것을 깨달았고 생각을 바꾸는 결단으로 이어졌다. 이후로 입시공부에 최선을 다 해서 대학에 합격하였고 이젠 자신의 지나온 삶을 당당하게 이야기할 만큼 자신있는 삶을 살고 있다.

 결과만 좋으면 다 좋은 것은 물론 아니다. 하지만 버스를 잘 못 타서 목적지와는 전혀 다른 곳으로 가고 있는 것을 알았다면 종점까지 가서 갈아타지는 않을 것이다. 잘못 탄 사실을 안 순간 즉시 갈아타야 하듯이 생각의 전환점에 섰을 때 버리고 온 길에 대한 미련, 습관의 줄을 끊는 결단이 필요하다. 그리고 자신의 선택이 최상의 선택이 되기 위해서 돌아선 자리에서의 최선의 열심 또한 필요하다.

　열 개의 사과는 누구에게나 동일하게 주어지는데 이렇게 생각의 전환과 바른 선택이 필요한 어느 순간에 맛있는 사과를 발견하는 것이 얼마나 귀하고 복 된 일인가. 성경에 나타난 수많은 선택과 그 결과 속에는 반드시 전환점 되신 예수님이 계셨다. 그리고 그 만남을 통한 선택은 현세뿐 만 아니라 내세까지 이어지는 맛있는 사과같은 현장으로 여전히 우리들에게 주어지고 있으며 그 선택권 역시 우리에게 있다. 자유의지라는 이름으로....

따오기

김영주 시&에세이

그래도 남아 있는 것은

바이올리니스트 이츠하크 펄먼은 네 살 때 소아마비를 앓은 후유증으로 항상 무대에서 의자에 앉아 연주를 한다.펄먼의 연주회가 있던 어느날의 일이다.연주 시작 후 얼마 되지 않아 펄먼의 바이올린 줄 하나가 끊어져 버렸다. 연주는 중단되고, 청중은 펄먼이 오케스트라 단원 중 한 사람의 악기를 빌려 연주를 할 것인지, 아니면 줄을 새로 끼우고 다시 시작할 것인지, 선택을 기다리고 있었다.잠시 눈을 감고 생각하던 펄먼은 지휘자에게 중단된 부분부터 다시 시작할 것을 부탁했고, 3개의 줄만으로 연주를 계속해 나갔다. 원곡을 즉석에서 조옮김하고 재 조합하는 불가능에 가까운 연주를 마지막 마디까지 연주해 낸 펄먼에게 팬들은 열광적 환호를 보냈다.펄먼은 조용한 목소리로 말했다. "때로는 모든 조건이 갖춰져 있지 않아 불편할 때도 있지만, 지금 제게 남은 것만으로도 연주해야 한다는 것을 여러분께 보여주고 싶었습니다. 그것이 음악가로서 제 사명이자 신조이기도 합니다" 오래 전 신문에서 읽었던 글을 요약한 것이다.

우리의 주변에 인생의 절망의 순간에서 재기에 성공하고 일어선 사람들을 많이 볼 수 있다. 정말 누가 보더라도 끝이라고 할 정도의 순간에도 그들은 자기들에게 남아있는 최소한의 것을 찾아낸다. 그것이 경험이든 재능이든 가족이나 건강, 심지어 자신의 약점이든 그것을 붙들고 일어서서 흘리는 감격의 눈물은 우리에게 많은 것을 말하고 있다.

다 끝난 것 같지만 그래도 무언가 남아 있는 것, 그것이 인생이라고 카프

카는 말한다. 펄먼은 자신에게 남아 있는 재능으로 자신의 인생을 연주하고 있다. 성공과 실패는 역경과 고난에 어떻게 반응하느냐에 달려 있는 것이며 모든 사건에서 10%는 사실에 의한 것이고, 90%는 반응에 의한 것이라고 한다. 실패라는 사실 속에서 용기를 잃지 않고 투지를 불태우는 반응을 보이는 자는 결코 실패자가 아니다. 주어진 여건에 감사하며 최선을 다하는 마음다짐이 나라 안팎으로 힘든 시기를 살아가는 우리들에게 꼭 필요한 반응이 아닐까...

따오기

김영주 시&에세이

이인삼각경기

피아노 듀오리사이틀이 있었다.

때로는 큰 폭풍과 회리 바람 속에 서 있는 듯 거칠고 난폭하게, 때로는 아침햇살 같이 따스하고 고요하다.때로는 가슴속을 휘감아 밑바닥 슬픔을 퍼올리고,때로는 기쁨과 환희를 노래한다. 어느새 건반 위에서 춤추는 손끝을 따라 내 마음도 함께 춤추고 있었다.

두 대의 피아노를 엇갈려 설치해 놓고 마주 보고 앉아 연주하는 두 연주자의 모습은 마치 이인삼각 경기를 보는 것 같은 느낌을 주었다. 발을 묶고 함께 뛰는 사람과 호흡이 맞지 않거나 내딛는 속도가 다를 경우 반드시 넘어지기 때문에 더욱 나보다 남을 살필 줄 알아야 하는 경기. 두 연주자는 서로를 향한 믿음의 띠로 묶고 최선의 열심으로 한 목표를 향해 너무나 잘 달리고 있는 아주 통쾌한 이인삼각경기를 하는 것 같았다.

가정과 교회생활도 거대한 다인다각경기일 것이다.믿음으로 띠 띠고 사랑으로 서로를 품고 한 목표, 천국을 향해 함께 달려가는 이인삼각, 삼인사각, 다인다각의 경기.피차 함께 묶인 상대방을 격려하고 쓰다듬어 안고 일으켜 세우며 달려가는 길에서 하나로 이뤄낸 성취감과 기쁨을 만날 것이다. 각자에게 주어진 자리에서 자신의 달란트를 최선으로 사용하고 드린다면 그 하나하나가 모여얼마나 아름다운 관계 속에서 하나님께 이를 것인가.

무대위에서 두 연주자의 모습을 보며 나와 발이 묶여 달리고 있는 내 주변 사람들을 생각해 보는 아주 소중한 시간이였다.

따오기

김영주 시&에세이

딸내미가 떠났어요 (오래전 일기 中. 1)

"엄마, 아빠 아무래도 탄자니아엔 내가 가야할 것 같애요" 지난 봄 어느 날, 심야기도회 때 목사님이 강한 어조로 "누가 좀 가요 가" 하며 탄자니아 단기선교사로 지원할 사람을 초청한 적이 있었다. 탄자니아 선교지에 세워진 기독중학교에서 컴퓨터와 피아노를 가르칠 평신도 선교사로 이미 일차 두 명의 형제 자매가 파송되었다. 이제 얼마 안 있으면 이들이 돌아 올 기간이 되는데 뒤를 이을 사람이 준비되지 않았던 때였다.

그런데 누가 좀 가라는 그 말이 심야예배 올갠반주자로 섬기던 딸래미의 마음에 박혔던 모양이다. 지금까지 자기는 기도하고 헌금하는 보내는 선교사라고 생각했던 딸래미가 영적인 부담을 느끼지 시작했던 것이다. "왜 나는 아니라고 생각하나?"는 질문이 떠나질 않는다고 자신의 이 부담감이 일시적인 감정인지 아닌지 분별할 수 있도록 남편과 내게 함께 기도해 줄 것을 요청했다. 계속 기도를 해도 이번엔 자기가 가야 한다는 강한 도전을 거부할 수 없다고 한다.

"아무래도 내가 가야겠어요. 생각해 보니 나는 가진 것이 너무 많아요. 좋은 환경, 좋은 부모와 가족, 영어도 가르칠 수 있고, 피아노를 가르칠 수도 있고.. 많은 은사를 주신 하나님께 인생의 십일조를 드리는 심정으로 6개월 헌신할 수 없겠어요?" 늘 어린애 같이만 보였던 딸래미가 언제 이렇게 컸을까.. 하지만 부모로 다시 한 번 확인해야겠다는 생각이 들었다. "네가 갈 시기에 아프리카는 아주 메마르고 비도 오지 않는 건기가 된단다. 한 달씩 물이 나오지도 않아서 샤워도 마음대로 할 수 없고 물이 부족해서 전기공급도 제대로 안 되니 수시로 전기가 나가고 불편한 것이 이루 말 할 수 없는데 그래도 가겠니?"
잠시 고민하는듯 하던 딸이 그래도 가겠다고 한다. "그렇다면 가라. 네게 끊
임없이 그런 마음을 주시는 분이 성령하나님이시니 순종하고 다녀와라." 이
렇게 딸래미가 탄자니아로 6개월 단기선교를 떠났다. 잘 적응하고 있다고 하
면서도 가장 힘든 것이 두 가지 있다고 한다. 점심식사를 학생들과 같이 먹어
야 하는데 현지식을 도저히 먹을 수 없어서 기도하면서 꿀꺽 삼킬 때도 있고
몰래 화장실에 가서 뱉을 때도 있다고 한다. 또 하나는 우리나라 봉고차 크기
의 시내버스에 2,30명이 끼어 앉아 다니는데 그 사람들 냄새 때문에 너무 힘
들었는데 냄새가 나지 않게 해 달라고 기도했더니 이젠 많이 괜찮아지고 있
다고 한다. 먹는 문제도 이제 좀 있으면 적응이 될 것이다.

  하나님께서는 때때로 우리가 생각하지 않던 방법으로 우리를 부르시고
사명을 허락하시고 떠나라고 명령하신다. 지금 딸래미가 있는 환경이 바로
그 명령의 현장인 것을 이미 잘 알기에 순종하고 떠난 딸이 대견하고 자랑
스럽다. 익숙한 환경과 가정을 떠난 그곳에서 생각했던 것 이상으로 더 많
은 어려움이 있을 수도 있고 나의 경험과 지식이 아무 소용없는 상황에 놓
일 수도 있을텐데... 말라리아, 장티푸스, 에이즈 ... 모든 것이 다 염려스럽
긴 하지만 딸래미를 그곳으로 인도하신 하나님이 함께 하시기 때문에 안전
한 환경이 될 수 있음을 믿고 다만 궁금한 마음으로 기도하고 있다.

  오직 하나님만 의지해야 할 곳이기에 하나님을 전적으로 의지하는 법을
배우며 함께 하시는 하나님을 경험하는 딸래미가 되기를 기도한다. 하나님
께서 기뻐하시는 딸래미가 모든 사역을 잘 감당하고 건강하게 돌아올 땐
영육이 훌쩍 커 있을 것 같다. 사랑하는 딸래미가 너무 보고싶은 저녁이다.
따오기

사랑하는 딸에게 (오래전 일기 中. 2)

사랑하는 딸래미 보아라.

지난 밤에 자꾸 전화하고 싶은 마음에 끌려 들었던 수화기 저편으로 들려오는 네 음성이 왜 그렇게 힘이 들어 보이던지... 뭔지 몰라도 너의 힘듦이 전해져 오는데.. 마음이 쿵 내려 앉더구나. 무슨 일인지 궁금하다.

딸래미야. 한가지 잊지말아야 할 것이 있는데 그곳에서 네가 경험하는 것들, 아프고 슬픈 상황까지도 하나님안에서 이루어진다는 것이다. 하나님이 너를 부르신 곳이기 때문이야. 그 안에서 너를 향하신 하나님의 뜻을 깨닫고 분별하는 것이 그 어려움에서 자유할 수 있게 되는 길이란다. 원망하지 말고 불평하지 말고 ... 하나님께 물어봐. 이 가운데 나를 향하신 하나님의 계획과 뜻을 보여주시라고, 그것을 깨달을 수 있는 지혜를 주시라고, 잘 감당할 수 있는 힘을 주시라고...

하나님은 네가 갖고 있는 많은 것들 때문에 네 지식과 재능으로 사역을 감당하고 있다고 생각하게 될까봐 네 시선을 하나님께 고정시키라고 말씀하시는 것 같다. 네 힘으로 한다고 자랑하고 교만해질까봐 하나님께서 네 주변 사람들을 통해 하나님과 함께 사역하는 법을 깨우쳐주시려는 것 같다. 모두들 목사님 딸이라고, 좋은대학을 나왔다고, 재능이 많다고, 예쁘다고 칭찬하고 칭찬해 줄 때 거기에 마음이 쏠리면 안되는거야. 기도하고 말씀을 읽고 묵상하면서 날마다 하나님이 공급하시는 힘으로 살아가기 바란다.

하나님께서 하나님의 사람들을 훈련시키시고 부르시는 방법이 있는데 헨리 나우엔이라는 신학자는 이렇게 말했어. "소명을 받을 때 우리의 상황은 주로 어떤 상황이냐? 하나님은 모든 바지랑대를 다 치워 버린다. 대화 할 친구도 없고, 받을 전화도 없고, 참석할 모임도 없고, 감상할 책도 없고, 오로지 벌거 벗고, 취약하고, 죄악되고,가난하고, 상한 심령만 끌어안고 있는 처절한 모습만이 남는다"

바지랑대가 뭐냐면 옛날에는 마당에 길게 빨래줄을 매고 빨래를 말렸는데빨래줄이 늘어져서 빨래가 땅에 닿지 않도록 줄 가운데를 받쳐주는 나무막대기야. 무슨 뜻이냐면 바지랑대를 다 치워 버려 기댈 언덕이 없다는 뜻이야. 오로지 하나님만 의지해야 하는 상황인거지. 지금 네가 느끼는 감정이나 환경이 홀로 남겨진 것 같을 수도 있을꺼야.

혼자인 것 같은 외로움이나 내 부족함을 느낄 때 바로 하나님을 찾거라. 그 때가 바로 하나님과 만날 수 있는 좋은 시간이기도 하단다. 하나님께서는 반드시 너와 함께 하시는 증거를 네 마음 속에, 또는 주변 환경속에 나타내실꺼야. 하나님이 너를 특별히 사랑하시고 계신단다. 우리 모두 너와 기도로 함께 하고 있어. 힘내라!!

오늘도 사랑하는 딸래미를 위해 기도하고 있는 엄마가 ...

따오기

아들이 떠난 날에 (오래전 일기 中. 3)

아들이 입대하던 날 마침 노회가 열리는 날이어서 남편은 노회에 참석해야 했고 딸래미는 한국성서신학교 채플시간에 특송을 해야하는 권사찬양대 반주를 하기 위해 서울에 가야 했다.

한사코 집에서 인사드리겠다는 아들을 서운한 마음으로 배웅한 후 드라이브하면서 마음 정리하려고 집을 나서는데 아들이 부대에 들어가기 전에 전화를 할 것 같은 생각이 들었다. 아들 성격대로라면 분명 전화를 할텐데 만약 전화를 했을 때 아무도 받지 않는다면 그 마음이 얼마나 서운할까 싶어 기다리기로 했다. 아니나 다를까 12시 30분에 전화벨이 울린다. "엄마, 나 지금 들어가요. 잘 다녀 올테니까 너무 걱정하지 마세요!" "그래 잘 다녀와. 엄마가 기도할께"

차를 타고 달리며 나홀로 부흥회가 시작되었다.

전에 아들을 학교까지 데려다주고 오는 길에 언제나 나홀로 부흥회를 했던 것처럼 큰소리로 찬양을 하며, 큰소리로 부르짖고 기도하면서 온 마음을 토해내고, 명치끝에 매달린 울음을 끄집어내며 달렸다.

절정에 이른 남한강 주변의 눈부시게 아름다운봄 정경이 오히려 목구멍에 걸린 가시같이 아프다. 아들이 다니던 신학교 후미진 주차장에 차를 세우고정말 간절한 마음으로 아들을 맡기는 기도를 드렸다. 한참을 그 자리에 그리고 앉아 있다가 또 다시 나홀로 부흥회를 하며 돌아왔다.

입대해서 첫 밤을 보낸 아침에 눈물이 나더라는 어느 분의 경험담이 생각나 가슴을 쓸어내리고 있는데 딸래미가 불쑥 아들 얘기를 꺼내는 바람에 한바탕 눈물바람을 하고 잠자리에 들었다.

도저히 잠이 올 것 같지 않은 밤이었으나 어느새 아침이었다.

그 날의 아침은 하나님이 재우셨다는 감사함으로 맞은 아침이었다.

in JESUS~~

유학 떠나는 남편과 함께 미국가던 날이 생각난다. 비자를 발급 받는 과정에서 남편과 나의 비자만 받게 되어서 많은 망설임끝에 아이들을 할머니집에 두고 떠나게 되었다. 처음으로 아이들과 헤어짐을 경험하는 순간이었고 떨쳐지지 않는 불안함 가운데 난 하나님을 경험했었다.

어린 자식을 떼어놓고 가는 어미가 어찌 그 순간에 잠이 올까마는 나는 비행기에 탄 후부터 도착할 때까지 잠을 잤다.

식사시간이 되어 남편이 깨우면 일어나 밥을 먹고 또 자고, 화장실 한번 가지 않고 그대로 미국에 도착했을 때 발이 퉁퉁 부어 신발을 신을 수 없어서 절뚝거리며 입국수속을 밟았던 그 때를 추억해 본다. 만약 그렇지 않았다면 난 미국에 도착할 때까지 울고 또 울어 남편의 마음까지 더욱 아프게 했을 것이다. 내게 깊은 잠을 주셔서 그 아픈 시간을 견뎌내게 하신 하나님을 아들을 군에 보내면서 또 한번 경험하였다.

입대하는 아들에게 (오래전 일기 中. 4)

사랑하는 아들 지훈아.

칼릴 지브란은 그의 책에서 부모를 활, 자녀를 화살, 그리고 하나님은 그 활을 통하여 화살이 멀리 날아가도록 활을 당기시는 분이라고 표현하고 있다. 너희들은 부모 된 우리의 수고와 희생을 통해 자신들의 미래를 향한 내달음을 시작할 것이다. 자신들의 인생을 하나님 안에서 설계하고 진행시키는 과정에서 자연히 부모와 분리되는 순간을 맞이할 것이다. 생각에서, 마음에서, 환경에서, 부모에게서 떠나는 불안과 아픔도 경험 할 것이다. 이 과정을 통해 한 걸음 더 성숙해진 모습의 자녀를 대견함과 서운함으로 바라보게 되는 것이 부모의 자리라고 생각한다.

지금 인생의 한 전환점인 군입대를 하루 앞두고 있는 너를 보면서 이제 하나님의 손에 의해 활시위가 당겨졌다는 느낌이 든다. 가정의 울타리와 사랑하는 부모 형제들의 품을 떠나 홀로 하나님 안에서 자신을 만들어 가야 할 시간들이 네 앞에 놓여있구나. 신체 건강하고 튼튼한 네가 신체검사에서 시력이 나쁜 이유로 공익으로 판정을 받고 돌아왔을 때 엄마는 네가 집을 떠나지 않아도 된다는 안도감이 더 컸던 것 같다. 하지만 너는 공익근무 하면서 조금은 편할 수 있는 길을 물리치고 라식수술을 받고 재신검을 통해 결국 현역입대하는 오늘을 맞았구나. 이제부터 네가 경험하고 부딪쳐나갈 세상은 상상 이상으로 힘들 수 있음을 인정하고 출발하자. 무엇보다 내가 선택한 현실을 긍정적인 마음으로 감당하기 바란다.

미국 남북전쟁 시절에 이야긴데 어느 한 병사가 죽음에 대한 공포와 불안으로 몹시 떨고 있었는데 그에게 아주 기발한 생각이 떠 올랐단다. 전투에서 살아남기 위해 그가 택한 방법은 북군의 청색군복을 위에 입고, 바지는 남군의 회색군복을 입었다고 한다. 남군과 북군의 복장을 동시에 입고 나타난 그 병사는 전투장에 나타나자마자 남군과 북군 양쪽으로부터 총을 맞아 제일 먼저 죽었다고 한다.

엄마가 무슨 얘기를 하고 싶어 하는지 알겠지? 군대에서 주일을 지키기 힘든 상황에 처할 때가 분명 있을텐데 하나님앞에 예배드리는 것은 절대로 포기해서는 안 된다는 것이다. 남군과 북군의 군복을 동시에 입었던 약삭빠른 병사처럼 하나님과 사람들 사이에서 머뭇거리지 말고 "오직 하나님"만을 선택하는 결단을 잃지 말라는 것이다. 너의 선택을 귀히 여기시는 하나님께서 모든 상황을 초월한 은혜의 현장을 네게 주실 것이라는 믿음으로 마음무장을 하고 담대히 출발하기 바란다.

사랑하는 아들아! 너를 향한 사랑에 대한 시간적, 공간적 한계를 하나님께 의뢰하며 기도할 것이다. 그러므로 결코 너는 혼자가 아니라는 것을 잊지 말아라. 우리들의 사랑과 기도가 너의 군생활 중에 큰 힘이 될 것을 믿는다.

하고싶은 말은 마음으로 한가득 한데 마음만 분주하고 머리 속은 혼란스럽구나. 하지만 그 모든 것을 한마디로 표현한다면... 지훈아~~~ 사랑한데이~~~

따오기

물고기 스티커

요즘은 성경책의 종류가 참 많다. 이해하기 쉽게 성경본문의 해설이나 시대적 배경과 생활 풍습 또는 사진, 지도 등을 수록해 놓아서 참으로 도움이 되고 있다.

내가 가진 성경책은 말씀의 이해를 돕기 위한 테마 연구 코너가 있는데 "그리스도인의 행동 결정을 돕는 시금석들"이란 글이 있다. 그리스도인의 행동 결정을 돕는 시금석은 물론 하나님의 말씀이다. 무슨 일을 하든지 이 아홉가지 시금석들을 묵상하고 적용하면 하나님께서 기뻐하시는 결정을 하도록 도울 것이다.

내용을 살펴보면 이렇다.

◆하나님의 영광(고전6:20, 10:31) 이 일은 주를 영화롭게 할 것인가, 반대로 그분의 이름을 욕되게 할 것인가? ◆성전인 나의 몸(고전6:19) 이 일을 함으로써 성령의 전인 내 몸이 훼손되지는 않는가? ◆그리스도의 재림(요일2:28) 주께서 재림하셨을 때 이 일을 자랑스러워하게 될 것인가, 부끄러움을 느끼게 될 것인가? ◆주의 동참(마28:20, 골3:17) 이 일에 주님을 초대할 수 있는가? ◆평안(골3:15, 빌4:6-7) 이 일을 놓고 기도할 때 마음에 평안을 느끼는가? ◆장애물(히12:1, 고전9:24) 이 일 때문에 그리스도를 위한 경주에서 넘어지거나 지체되지는 않는가? ◆축복(잠10:22, 롬15:29) 이 일을 하고 나서 하나님의 축복을 기대할 수 있을까, 반대로 후회하게 될까? ◆타인에 대한 배려(롬14:7, 21) 나의 행동이 다른 사람에게 어떤 영향을 미칠 것인가? ◆일의 성격(롬12:9) 이것은 육체적, 정서적, 영적으로 나에

게 유익한 일인가?

이 말씀을 읽고 묵상하는데 차 뒤에 붙이는 물고기 스티커가 떠오른다. 어쩌면 물고기 스티커는 이 아홉가지의 시금석들을 순간순간 기억나게 하는 거울 같은 또 하나의 시금석이라고 생각된다.

언젠가 혼자 멀리 다녀 올 일이 있었다. 아침 일찍 출발해서 볼 일을 다 보고 돌아오는 길은 저녁에 있는 약속시간을 맞추기가 좀 아슬아슬했기 때문에 서둘러야 했다. 마음은 급한데 내 앞으로 파란색 자동차가 답답할 정도로 천천히 달리고 있었기 때문에 나는 더욱 조급해지기 시작했다. 추월하려고 해도 옆 차선에 엇비슷한 속도로 또 다른 차가 달리고 있어서 차선을 바꾸는 것이 쉽지 않았다.

'아니 이렇게 천천히 달릴 것이면 3차선이나 4차선으로 달릴 것이지.. ' 급한 마음에 궁시렁 거리며 달리다가 옆차선에 조금 여유가 있어서 추월하면서 "도대체 어떤 사람이야" 하며 옆 차를 쳐다보는데 그 운전자와 눈이 마주쳤다. 그 순간 답답함과 조급함으로 불평하던 마음이 도둑질하다 들킨 것처럼 겁이 나고 두근거리기 시작했다. 도망치듯 속도를 내며 달리다가 백미러를 보니 그 파란색 차가 무서운 속도로 따라 오고 있었다. 가뜩이나 여자운전자를 얕보는 도로 위의 형편도 부담이 되는데 어쩌자고 그렇게 무서운 속도로 쫓아 온다는 말인가, 또 쫓아 와서 뭘 어떻게 하겠다는 말인지.. 그 날 고속도로 한 지점에서는 이렇게 쫓고 쫓기는 추격전이 남모르게 이뤄지고 있었다.

그런데 내 뒤로 바짝 따라 붙는 차를 확인하는 순간 내 머리를 친 것은 차

뒤에 붙인 물고기 스티커였다. 웬만한 사람들은 다 아는 "나는 예수 믿는 사람입니다" "나는 크리스챤입니다" 라는 신앙고백이 담긴 물고기 스티커..

 생각해 보면 내가 뭐 그다지 큰 잘못을 한 것도 없는데 왜 그렇게 가슴이 졸여야 했든지... 그 물고기 스티커는 나의 행동을 자연스럽게 통제하고 있었다. 행동의 좋은 멍에가 되고 있었다.

 우리를 그리스도인답게 살도록 하기 위해 하나님께서는 말씀으로 또는 우리의 삶의 곳곳에 시금석을 허락하시고 우리로 하여금 말씀의 통제 안에서의 자유 함을 누리게 하시니 은혜요 감사임을 다시 한 번 느꼈다.

따오기

이름

TV 광고 카피 내용이다.

소방차를 가리키며 이 차의 이름은?

구급차를 가리키며 이 차의 이름은?

자동차 마다 고유한 이름이 있었지만

소방차, 구급차, 사다리차 등으로 불리고 있다.

하는 일이 이름이 되어 있다

"이름을 모르는 자동차.. 해야 할 일을 합니다"

하는 일이 이름이 되고 존재가 된 것이다.

경천애인2237이라는 식당으로 초대를 받아 간 적이 있었다. 식당 이름이 좀 이상했는데 알고 보니 하나님을 사랑하고 사람을 사랑하라는 마태복음 22장37절 말씀의 뜻을 품은 이름이었다. 이 식당은 고기를 파는 고급식당인데 술을 팔지 않는다. 그런데 특이한 것은 손님이 가져와서 먹을 수는 있다고 한다.

여의도 한가운데에서 큰 식당을 운영하며 자신의 신앙을 이름속에 담아 드러내고 있는 사업주는 어떤 분일까? 경천애인2237은 분위기도 멋있고 음식도 고급지고 맛있었지만 더 큰 감동이 되었던 것은 단지 술을 팔지 않는다는 것 때문이 아니라 그 행동에 담겨진 큰 믿음이 보였기 때문이다. 비록 그 사업주의 이름도, 얼굴도 모르지만 적어도 나에게 그 분의 이름은 경천애인2237이라고 기억될 것이다. 그 분이 하는 일이 그 이름이 된 것이다.

모든 사물이나 사람들에겐 다른 것과 구별하여 부르는 고유한 이름이 생긴다. 누군가가 그렇게 불러줌으로 주어지는 것이 이름이 되는 것이다. 곧 그 이름이 그 사람이고 사물이 되는 것이다. 그래서 아기 이름을 지을 때도 뜻을 정하고 그 이름처럼 살기 바라는 바램을 담아 짓는 것이다.

광고를 보며, 경천애인2237을 생각하는 아침.
나는 이름값을 하며 살고 있는가?
내가 한 일이 내 존재가 되는,
이름의 정체성이 이름이 되는 삶을 살고 있는가?
내 이름은 그리스도인인가?
저절로 깊은 반성과 진한 기도를 올린다.

"예수께서 이르시되 네 마음을 다하고 목숨을 다하고 뜻을 다하여 주 너의 하나님을 사랑하라 하셨으니"(마태복음 22:37)

사모라는 이름으로 사는 법

　어느 모임에서 만난 K목사님께서는 목회하면서 가장 힘든 것을 따져 봤더니 새벽기도, 설교, 인간관계, 바른 결정, 심방이더라고 말씀하셨다. 사실 그 목사님께서 말씀하신 다섯 가지는 목회의 모든 것이니 목회는 그 자체가 목사님들에게 큰 부담인 것 같다.

　사모라는 이름으로 살아가는 목사의 아내들 역시 설교하는 일을 빼면 목사님들과 거의 같은 부담을 안고 산다. 〈활천〉이라는 기독교성결교회 회지에 의하면 한국교회 사모들 3명 중 2명은 배우자가 목회자의 길을 걷게 되어 사모가 되었으며 교회에서 사모로서의 역할이 명확히 정해져 있는 것(38%)보다는 교회 형편에 따라 사역하는 경우(61%)가 더 많은 것으로 나타났다고 한다.

　이처럼 딱히 정해진 역할 없이 교회의 상황에 따라 역할이 주어지고 수많은 요구와 기대의 현장에서 선 사모들은 수많은 스트레스 속에 살고 있다.

　일반적으로 여자들의 수명이 남자보다 8년이 길다고 한다. 그런데 목회자 가정의 통계는 사모가 목사의 수명보다 4년이 짧다고 한다. 그렇다면 사모는 보통 여자들보다 무려 12년이나 수명이 짧은 것이 되는데 스트레스가 그 원인중 하나라고 봐도 무리는 아닐 것이다.

　나는 결혼 후 사역을 시작한 남편과 줄곧 기성교회에서 전도사, 부목사시절을 거치며 훈련을 받았고 지금은 인천제2장로교회를 섬기고 있는 기성교회 사모로, 스트레스를 해결하는 나의 작은 경험을 기술하려고 한다.

** 헌신의 현장.

  나로 하여금 하나님의 일을 한 모퉁이 감당케 하시려는 하나님의 뜻을 깨닫지 못하였을 때, 포기되지 않는 인간적인 것들을 끌어안고 몸부림칠 때, 깨어지지 않은 자아는 절망적인 불신앙으로 나를 향해, 남편을 향해 마구 상처를 입히고 그리도 자유롭지 못한 사모의 자리에서 마음에 기쁨도 평강도 없이 지치고 병들어 가던 어느 날. 나의 불순종 가운데 하나님이 찾아 오셨다. 급성 신우신염, 갑상선기능항진이라는 병으로 나를 병상에 누이셨고 찬송가 461장을 입술로 눈물로 마음으로 부르며 헌신을 고백케 하셨다.

  십자가를 질 수 있나, 주께 네 혼 맡기겠나, 이런 일 다 할 수 있나 주가 물어 보실 때 나의 심령 주님의 것이라고, 당신의 형상 만들어 달라고, 주님께서 인도하시는 대로 사랑하며 충성하겠노라고...그 병상은 주님이 나를 부르신 부르심의 현장이었고 나의 헌신을 받으신 회복의 현장이었다.

  나를 지명하여 부르시고 세우시고 나를 사용하시는 하나님을 외면하고 상황과 환경 앞에서 허우적거리며 사람들의 태도에 따라 울고 웃던 연약함까지도 감싸 안으시고 용납해 주신 사랑의 현장이었다. 그 헌신의 병상이 중요한 것은 내가 환경에 의하여, 성도들에 의하여 결정되는 인생을 살고 있는 것이 아니라 하나님께서 사모로 택하시고 세우신 사명의 삶을 살고 있다는 정체성이 나의 힘이 되기 때문이다.

** 쓰레기매립장.

  목회 현장에는 때때로 사모이기에 드러내지 못하고 삭여야 하는 감정이 있다. 드러내지 못할 감정의 원인이야 얼마든지 많지만 이것은 정말 너무나 참기 힘들고 어려운 십자가다. 십자가일 수밖에 없는 감정은 분노, 고독, 외로움, 소외감이라는 이름으로 다가온다. 참을 수밖에 없는 현실 앞에서 참고 난 후 감정의 찌꺼기들이 내게 억울함이라는 상처로 남아 끊임없이 괴롭히기 시작한다. 마음의 밑바닥에 감정의 앙금으로 쌓이는 이 억울함이라는 쓴 뿌리에 휘둘리기 시작하면 억울한 일만 생각하게 되고 자기 합리화 할 구실을 찾게 되며 점점 패배감에서 벗어날 수 없게 된다.

"한국의 여자들은 가슴속에 쓰레기 매립장을 품고 산다"

어떤 연속극의 대사였던 것 같은데 너무나 절묘한 표현이라고 공감을 했던 말이다. 살아온 날 수만큼 쌓이는 미움과 다툼과 시기 질투 애매함 오해라는 감정의 쓰레기들로 인해 내 마음 밭에서 악취가 풍기지 않도록 마음의 쓰레기 매립장에 깊이 묻어버려야 한다. 꽁꽁 묻어두고 이해와 용서의 흙을 덮어야 비로소 사랑의 꽃을 피우고 섬김의 나무를 키워낼 수 있다고 생각한다.

나는 아직도 여전히 내 마음의 쓰레기 매립장에서 내버리고 찾는 훈련을 하고 있다. 모든 감정의 찌꺼기들을 기도로 하나님께 내려놓고 하나님의 위로하심을 찾는 것이다

* 사랑 찾기**

부교역자 시절 섬기던 교회에서 대심방 기간 중에 당회장 목사님께서는 부교역자 가정을 심방해 주셨다. 오셔서 주신 말씀이 시편 57편 1-2절 말씀이었다.

나를 위해 이루실 모든 것을 대망하라! 나를 위해 모든 것을 이루실 그 하나님의 현장을 대망하라!

눈물로 그 말씀을 받으며 힘을 얻고 위로를 얻었던 그 후로 난 많은 성경 말씀중 이 말씀을 즐겨 묵상한다. 나를 위하여 모든 것을 이루시겠다는 말씀의 약속은 언제나 어떤 상황가운데서나 내게 큰 힘이 되고 위로가 되고 소망이 되고 기쁨이 된다. 내게 있어지는 상황은 그 모든 것을 이루어가는 과정이라는 믿음의 눈으로 바라볼 때 그 문제는 합력하여 선을 이루시는

하나님의 응답으로 다가옴을 느낀다.

그리곤 습관처럼 하나님께 묻는다.

"아버지여! 나의 이 곤고함을 어떻게 위로해 주시렵니까?

지금 이 순간 나를 위해 무엇을 예비하셨나요?"

눈을 들어 하나님의 현장을 바라볼 때 하나님은 반드시 여러 모양으로 함께 하시는 사랑의 현장을 펼쳐주신다. 전혀 생각지 않았던 친구의 안부전화일수도, 편지일수도 있다. 이렇게 난 내 주변을 살피며 하나님의 사랑을 확인하는 습관이 있다. 어느 날, 많은 일들로 한없이 지쳐 있을 때 한통의 편지를 받았다.

"새벽기도 가려고 계단을 내려가면 장미나무 넝쿨 속 귀뚜라미가 사모님 목소리만큼 맑게 울어 주는 가을이네요. 사모님. 가을하늘만큼 보구싶구요. 생각납니다.

- 중략 -

이 넓은 우주에서 보고 싶어 호명할 수 있는 사모님이 있기에 오늘도 우리는 기쁘고 감사합니다. 우리의 사랑을 이 종이에 옮기기에 무척이나 단어의 한계를 느끼나 이 가을날만큼 사랑한다고 전합니다."

가을하늘만큼 보고 싶어질 때 또 편지하겠다는 오래전에 주님 안에서 만난 자매의 느닷없는 편지다. 이 세상 어딘가에 나를 기억하고 내 이름을 불러 가며 사랑하는 사람들이 있고 또 내가 사랑할 사람들이 있다는 사실이 가슴 한 가득 나만의 보물을 품은 것 같은 충만함을 느낀다. 살아온 나날을 돌이켜 보면 구태여 말로 안 해도 느낌만으로도 사랑을 알만한 나이도 되었건만 아직도 만져지는 사랑과 보이는 위로를 자주 필요로 하는 내 정신적인 미숙을 아시는 하나님은 이처럼 구체적으로 당신의 사랑을 보여 주신다.

** 광야통과하기.

남편의 유학시절에 관계 속에서 애매히 오해받고, 따돌림 받고, 가까운 지인들마저 외면하는 고립된 자리에 처했을 때가 있었다. 세우시는 임지에서마다 성도들의 깊은 사랑을 받았던 남편은 부목사의 자리에서 후임으로 지명되고 교회에서 유학까지 보내어 준비시키시는 등, 거칠 것 없이 달려온 길에서 인간적으로 깨질 만큼 깨지고 인격적으로 낮아질 만큼 낮아지고 멸시와 천대라는 말을 피부로 느꼈던 때가 있었다. 어쩌면 모든 상황이 퍼즐을 맞추는 듯 그렇게 맞추어져가는 이해 안 되는 상황도 그렇고, 하나님이 내 입에 재갈을 물리신 듯 나의 무고함을 인하여 사람들 앞에 입을 열지 못하게 하셨고 오직 하나님을 향해 나의 종말과 연한의 어떠함을, 나의 연약함을 구할 수밖에 없었던(시39:2-4) 때가 있었다.

도저히 용서할 수 없는 사람을 끝까지 사랑하게 하시는 하나님 앞에 인간적으로 굴복할 수 없어 도망치다가 오히려 그것이 나를 다루시는 하나님의 방법이었음을 깨닫게 되었고 이해되지 않는 상황은 '나의 나 된 것 하나님의 은혜'였음을 고백케 하시는 하나님이 만드신 현장이었음을 깨닫게 되었다. 남편은 힘들어하는 내게 "지금 내가 만나고 있는 사람이나 환경은 앞으로 목회현장에서 수없이 만나야 될 사람들과 상황이다"는 생각으로 견뎌내자고 했다. 지금 견디지 못하고 실패하게 되면 다음 어느 순간에 같은 상황과 같은 사람, 같은 문제 앞에서 여전히 힘들어 할 것이라고 했다. 그리고 그 말이 옳다는 것을 목회현장에서 확인할 수 있었다.

유학생활이라는 광야를 통과하면서 하나님은 인간들처럼 결과만 보시는 것이 아니라 고난의 때를 극복해 가는 과정을 유심히 지켜보신다는 것과, 지금 내가 있는 자리에서 하나님이 내게 요구하시는 사명과 훈련의 분량이 있다는 것을 깨닫게 되었다.

아무 것도 내가 할 수 있는 것이 없어서 두 손 들고 올 때 비로소 기가 막

힐 웅덩이에서 끌어 올리시는 깊은 하나님의 사랑과 위로하심을 체험케 되었다. 참으로 오묘하신 하나님은 모든 오해를 한순간에 벗겨 주시고 모든 애매함을 단번에 풀어 주시고 얽히고설킨 관계의 매듭을 끊어 회복시키시되 여호와께서 나의 부르짖음에 귀를 기울이시고 들으셨다고(시40:1) 고백케 하시며 내 입에 하나님께 올릴 찬송을 두시고 내 발을 반석위에 두시며 내 걸음을 견고케 하시는 최상의 응답으로 만나주셨다.

**마무리하기

일반적으로 사모는 모든 것이 안 되는 현장을 사는 사람들이다. 다만 사모라는 이름으로만 인정되어지는, 흑백논리 앞에 대책 없이 노출된 현장을 사는 사람들이다.

사모가 흘리는 눈물 속에서 은혜를 보기보다 사연을 찾는 시선을 피해 때때로 홀로 예배당에 앉아 속 깊은 울음을 토해내는 사모들은 친한 교인이 있어도 안 되고 또 너무 멀리 있어도 안 되는 대중 속에서 혼자인 듯 혼자가 아니어야 한다.

해도 안 되고 안 해도 안 되고 보여도 안 되고 안보여도 안 되는 한계가 분명치 않은 위치에서 자신을 절제하며 중용의 길을 가는 것이 말처럼 쉽지 않다.그래서 남편이 부르는 별명 따오기(보일 듯이 보일 듯이 보이지 않는)는 참으로 적절한 표현인 듯싶다.

결혼 후 사모로 34년이 지난 지금도 이런 저런 말로 가슴앓이를 하기도 한다. 가슴앓이 하는 기간은 오롯이 사랑을 잃고 기도를 잃은 불행한 기간이 된다. 그러나 하나님이 주신 예민한 영적 감각은 이런 상황을 못 견디게 만든다.

결국 인간적인 발버둥을 접고 회복을 위해 기도하며 매달리게 되는데 이 때 나는 낙심의 깊은 나락까지 찾아오시는 하나님의 놀라운 사랑과 여러 상황을 통한 위로하심을 경험한다.

환하게 웃으며 다가와 잡아주는 손으로 전해지는 따뜻함이 강퍅해진 마음을 치유한다. 그런 성도들의 환한 미소를 하나님의 나를 향한 또 다른 위로하심으로 받으며 그로인해 상처들이 앙금으로 남지 않고 비워지는 마음의 평안함을 맛보며 산다.

그래서 모든 것이 안 되는 사모의 입장에서 모든 것이 가능한 삶을 살게 되는 것이다. 여전히 부자유한 상황 속에서라도 진정한 자유함을 누리며 살게 되는 것이다.오해가 만들어 내는 이해되지 않는 상황을 스폰지처럼 용납할 수 있는 여유를 갖게 되는 것이다. 아니, 주님이 친히 스폰지 되어주시는 복된 현장을 살게 되는 것이다.

나는 환한 미소 한 조각을 사랑이라 부르고 싶다. 아주 작은 몸짓으로 다가 오는 위로라 부르고 싶다. 한 조각의 사랑으로 감사를 알고 한 손의 위로로 충만할 수 있는 그렇게 순수함으로 하나님께 나아갈 수 있는 복된 자리, 사모의 자리라 부르고 싶다

"무릇 주를 찾는 자는 다 주로 즐거워하고 기뻐하게 하시므로(시40:16) 나의 평생에 여호와께 노래하며나의 생존할 동안에 내 하나님을 찬양하리이다(시104:33)" 아멘!

따오기

*사모잡지 「라일락」에 썼던 원고

스승의 날

"요기요 스쿨푸드 스승의날 광고를 보셨나요? 이것 사주면 스승으로 부를 께라는 카피요.. 각종 맘카페엔 학원, 어린이집 교사 선물 고민 글이 올라오는 이 시점에 우리 교사들은 꽃은 커녕 편지 받을 때도 두렵습니다. 스승의 날을 맞아 덕분에 교사로서 자괴감이 드는 하루를 보냅니다"

맡은 학생들을 진심으로 사랑하며 학생들의 성장 지원을 위해 최선을 다하신다는 교사분이 올린 댓글이다.

지난 스승의 날 인터넷 기사에 실린 댓글을 보면서 존경과 존중이 사라진 자리에 사명만 요구할 수 있겠나 싶은 안타까움과 그 교사가 느꼈을 자괴감이 한켠 이해되었다. 물론 지금은 스승의 그림자도 밟지 않는다던 시대가 아니다. 그리고 스승에 대한 감사가 물질의 표현이 다는 아니지만.. 너무나 바뀐 사제지간의 모습과 인식이 사뭇 걱정스러운 것은 사실이다.

벌써 몇 년전 일이다. 은퇴를 앞두고 맞이하는 마지막 해의 스승의 날이라고 부교역자님들이 특별한 자리를 마련해 주었다.

코로나로 인해 다 같이 모일 수 없어서 영상으로 남편과 나에 대한 생각과 함께 했던 추억 등을 담았다.

모두들 너무나 좋은 추억과 좋은 말만 하시는데 민망함과 감동이 뒤섞여 흐르는 눈물은 내내 고마움였다.

세상에 수 많은 만남가운데 하나님때문에 제이교회라는 공간에서 한 시대를 같이 사역하며 보냈다는 것이 참 귀한 만남이다.

교역자님들과 사모님들 또한 우리와의 만남에 대해
그런 마음이었을거라고 생각하며 함께 한 시간에 대한
공감대가 감사로 채워지고 있음을 느낀다.
어느새 우리가 어른이라는 물리적 나이도 먹고 사실은 그렇지도 못한데
스승이라는 이름으로 오늘을 맞으며 그저 부끄럽고 민망하지만
어른이라는, 스승이라는 이름에 합당한 마무리를 잘 해야겠다고 생각한다.
살면서 함께 한 길을 걷는 동역자요 스승이 있다는 것이 든든한 힘이 될 때가 있을텐데 피차 그런 아름다운 동행이 끝까지 있어지기를 소망한다.

돌이켜 보면 우리는 하나님의 사랑을 받고 교역자님들의 섬김을 받고 성도님들의 섬김을 받고.. 받기만 했던 것 같다.
은퇴라는 정해진 시간을 앞에 두고 있는 우리가 스승, 어른이라는 이름의 무게감을 사랑과 섬김으로 갚을 수 있는 부부가 되기를..
우리가 걸은 길의 흔적들이 누군가를 살리고 세우는 위로의 길이 되기를..
감히 두 손 모아 기도하며 깊은 감사를 보낸다

모두 모두 정말 고맙습니다

따오기

김영주 시&에세이

붕어빵

오래전에 차범근씨의 칼럼을 읽다가 공감했던 내용이다.

7,80년대 아시아와 세계 축구를 호령했던 축구선수 차범근과 역시 축구선수인 아들 차두리는 누구도 부인할 수 없는 닮은꼴이다. 이젠 차두리 아빠라고 부른다고 말하는 차범근의 얼굴에 피어오르는 미소는 아들을 향한 대견함과 자랑스러움이 가득 배어 나오는 가슴 밑바닥으로부터 올라오는 깊은 행복함이 그대로 드러난다. 자신의 인기보다 훌쩍 앞선 아들로 인해 또 한 번 사람들의 부러움을 사고 있는 차범근씨는 아들과 같은 길을 가면서 즐거워할 수 있다는 게 행복할 뿐이라고 말한다.

아들놈과 전화통을 붙들고 구지렁거리는 재미는 설명하기가 쉽지 않다고 말하는 그에게서 축구라는 공통분모를 통해 이어지는 끈끈한 유대감과 일반적인 부자사이를 넘어 선 하나됨을 엿 볼 수 있었다. 차범근과 차두리는 운동장에서 뛰는 모습과 공 차는 스타일도 판박이라고 한다. 차두리가 국가대표팀에 발탁되므로 아버지 차범근과 함께 '부자 국가대표'가 되었다. 또한 뒤이어 2대에 걸쳐 독일 분데스리가에서 골을 기록한 첫 아시아인으로 기록되었다.

대대로 부모의 소질, 외모 등이 아들에게 전해지는 것을 부전자전(父傳子傳), 모전여전(母傳女傳)이라고 한다. 부모의 유전자가 자녀에게 그대로 전수된 것을 의미한다. 음악을 하는 부모에게서 음악 하는 자녀가 태어나고, 학자부모에게서 또한 그 분야를 이끌어 가는 자녀가 태어나고 목사가정에 아들 목사가 많은 것을 우리 주변에서 흔하게 본다.

미국 시카고대학 블룸 교수는 세계적으로 업적을 이뤄낸 운동선수, 과학자, 예술가 등 120명에 달하는 영재들과 그 주변사람들을 조사했는데 이들로부터 다음과 같은 특징 몇 가지를 찾아냈다고 한다.

"첫째, 부모가 성공모델이었다. 둘째, 아주 어려서부터 시작했다. 셋째, 세 단계에 걸친 스승이 있었다. 넷째. 남다른 연습과 수련기간이 있었다. 다섯째, 하고 싶어하는 자발성이 있었다. 여섯째, 강한 내적 동기가 있었다. 일곱째. 후견인의 희생이 따랐다."

한 집안에서 영재가 탄생하려면 우선 부모가 그것을 좋아했거나 또는 그 분야에 조예가 깊은 가족이 있어서 그런 가풍 속에서 자라며 따라 배우고 닮는 데서 시작된다고 블룸교수는 말한다.

자녀들은 부모의 행동이나 사고방식을 그렇게 닮게 되어 있다. 유전적으로 풀어 설명하지 않더라도 환경이 서로를 닮은꼴로 만들어 간다고도 볼 수 있다. 이러한 부전자전, 모전여전을 얘기하자면 한도 끝도 없을 것이다.

그리고 이러한 부전자전은 우리 집에도 있다. 남편과 아들... 아들의 얼굴을 모르는 성도들이 교회 마당에서 농구하고 있는 아들을 보고는 목사님아들이라고 단번에 찾아낼 정도로 닮은꼴이다. 스킨 바르는 손 동작 하나까지 아버지와 똑같은 아들, 사진을 정리하다가 보니 양손을 가지런히 앞으로 모으고 서 있는 폼까지 어쩜 그렇게 똑같은지...

아들을 보면서 소망을 품는다. 아들과 같은 길을 가면서 즐거워할 수 있다는 게 행복할 뿐이라고 말하는 차범근씨와 같은 기쁨을 아들을 통해 맛보고 싶은 소망이다. 아들과 한길을 가며 성공 모델로서, 스승으로서 같은 것으로 기뻐하고 고민하는 가운데 이어지는 끈끈한 유대감과 일반적인 부자 사이를 넘어 선 하나됨을 맛보고 싶은 소망이다.

아들에게서 많은 은사와 좋은 성품을 본다. 그 모든 것들이 온전히 주님을 위해 드려지기를 소원한다. 하나님께서 쓰시기에 아름다운 그릇이 되는 것이 우선되어야 하겠기에 아들을 향한 어미의 작은 소망을 하늘로 올리며 하나님의 손에 붙들려 사용 받을 아들의 미래를 기대한다.

그리고 자신이 좋아하는 일과 뜻을 정하고 그 일의 성취를 위해 공부하며 자신의 미래를 기도하고 있는 딸래미의 미래 또한 기대하며 소망을 품고 기도한다.

오늘도 부모로써 나의 아들 딸의 미래를 행복하게 함께 할 꿈을 꾼다.

따오기

오래전에 품었던 꿈이 이루어진 현실을 감사하며

눈 먼 사랑

사위이자 담임목사의 집에 다니면서 바쁜 딸의 살림을 돕는 일을 본인의 사명이라고 기뻐하셨던 엄마는 사위와 딸과 한 교회에서 신앙생활하시면서 누가 될까봐 정말 없는 듯 계시는 그래서 우리 교회에서 가장 외로운 성도였다.

교회 안 사택에 사는 딸 집을 다녀 갈 때도 오해를 받을까봐 쇼핑백 하나 들고 나가는 것조차 조심하셨던 엄마는 보이지 않는 시선에 대한 부자유함을 나보다 더 느끼시는 것 같았다.

내 필요를 살피는게 취미 아닌 취미였던, 언제나 나의 우렁각시였던 엄마.. 항상 젊고 예쁠줄 알았는데 시간은 어김없이 엄마의 육신을 후패하게 만들었고 지혜롭고 아름답던 엄마는 요즘 단기기억상실 증상을 보이신다.

너무나 말라서 내 엄마같지 않은 엄마가, 방금 전에 한 말도 잊어버리는 엄마가..습관처럼 딸 걱정을 하신다.

"내 걱정하지 말고 시간이 나면 좀 자고 쉬어라"

"바쁜데 오려고 애쓰지 말고 전화만 해라"

구순을 바라보는 엄마는 늘 버릇처럼 칠순의 딸 걱정을 하신다. 역시 엄마의 자식 사랑은 눈 먼 사랑이다.

"엄마 기도하고 있지요?

그럼. 내가 기도하는 것 말고 할게 뭐 있니?

너희도 나를 위해 기도해 줘라.

내가 이젠 바보가 다 된 것 같아. 자꾸 잊어버려..
오래 살게 해 달라고 기도하지 말고.. 오래 아파서 너희들에게 짐이 되지
않게 빨리 불러 주시라고 ..
자는 잠에 갈 수 있도록 기도해 줘.."
 엄마. 나는 엄마의 기도부탁을 들어드릴 수 없네. 나는 엄마가 내 곁에 오
래오래 계시기를 바라는 욕심쟁이거든.. 마음속 대답이 허공을 친다.

 사람은 누구나 동일하게 탄생의 어느 시점에서부터 시간이 흐르면서 변
화가 시작된다. 기다가 걷다가 뛰다가.. 드디어 인생의 시계가 노년의 때를
가리킬 땐 거꾸로 뛰다가 걷다가 기게 되고 모든 것이 느려지고 희미해진
다. 시간은 추억을 만들고 변화는 살면서 채운 모든 추억들을 지우며 간다.

시간이 흐르며 지워내는 수많은 기억속에서
나는 지혜롭고 아름답던 젊은 엄마를 추억하며
늙음과 손 잡고 걸어가는 오늘의 엄마를 마음에 담는다.
엄마와 함께 한 시간의 흔적들, 함께 나눈 이야기들,
엄마의 음식과 그 냄새, 다정한 목소리, 엄마를..
내 기억창고에 눌러 담는 엄마는 사랑이고 그리움이다.

 오래 전에 본 드라마 대사 중 공감했던 말이다.
 "사람은 누구나 두 번 죽는다 하나는 몸이 멈추는 것이고 둘째는 우리들
의 이야기가 멈추는 것이다"
 속절없이 시간이 흐른 뒤에 엄마와의 이야기가 멈추고 더 이상 이어갈
 추억이 없더라도 엄마와의 추억이 슬프게 지워지고 잊혀지지 않기를 소
망한다. 살면서 외로운 어느 순간, 따뜻한 위로가 필요한 순간에 나는 마음

곳간에서 추억의 문을 열고 소복소복 쌓인 엄마를 기억해내겠지..
오상화 엄마~~ 사랑합니다

엄마라는 존재는 아련한 그리움이고 명치끝 향수를 불러내는 마술사다.

따오기

도로위의 인격

찰스 두히그의 책 "습관의 힘"에서 요약된 글을 읽고 습관의 중요함을 더욱 깨닫게 된 내용이다.

스타벅스가 막 성장하기 시작하던 무렵 경영진들은 직원들의 자제력이 매우 중요하다는 것을 깨닫고 이를 어떻게 교육시킬 수 있을까 고민했다. 커피 한 잔에 5000원, 6000원을 내는 고객들은 좋은 대접을 받기 원하고 최상급의 서비스를 기대한다. 그들은 직원들의 자제력을 습관으로 만들기 위해 특정한 신호(고객들의 거친 불만 표현)에 반응하는 반복 행동이 습관으로 자리 잡을 수 있도록 '라테의 법칙(Latte method)'을 개발하여 교육시켰다.

스타벅스의 훈련 교본 시스템 '라테(LATTE)의 법칙'은
1) 고객의 말을 귀담아 듣고 (Listen)
2) 고객의 불만을 인정하며 (Acknowledge)
3) 문제 해결을 위해서 행동을 취하고 (Take action)
4) 고객에 감사하며 (Thank)
5) 그런 문제가 일어난 이유를 설명하라 (Explain)

그 외에도 수십 가지의 반복 행동을 가르친다.

비난을 받을 경우, 정신없이 바쁠 때 주문을 받을 경우, 커피만을 주문하는 손님, 비위를 맞춰야 할 손님을 구분하는 방법등을 가르쳐 주기도 한다.

화난 고객에게 어떻게 대응할 건지 라테의 법칙을 사용해서 계획을 써보게 한다. 어떤 행동을 미리 선택해 두고 그 행동을 습관적으로 따르도록 반복 행동이 뒤따르게 하는 반복 행동을 습관화 하는 방법을 배운다. 그러자 고객의 거친 요구에 '꺼져'라고 소리치는 다혈질 직원들에게도 자제력을 심어 줄 수 있었다.

며칠 전 시내에 다녀오는 길이었다.

사거리에서 신호 대기 중이었는데 옆 차선 앞쪽에 시끄럽게 클락션을 울리며 택시 한 대가 서 있었다. 아마도 우회전을 하려고 앞에 서 있던 포터트럭에게 비키라는 싸인인 듯 했다. 직진하려는 포터트럭은 비킬 공간이 없었는지 움직이지 않았고 택시는 끊임없이 클락션을 울려댄다.

신호가 바뀌었다. 서서히 차량의 움직임이 시작되다가 신호와 상관없이 차들이 엉키기 시작했다. 아까 그 택시가 직진 차선으로 들어와 그 포터트럭앞에 버티고 서 있는 것이었다. 비켜주지 않았던 것에 대한 화풀이를 하고 있는 것 같았다.

계속되는 두 차의 힘겨루기로 많은 차들이 속수무책으로 서 있을 수 밖에 없었다. 한참 후 앞의 택시가 아주 천천히 움직이고 그 뒤를 따라 포터가, 또 수 많은 차들이 그렇게 천천히 움직였다. 그러다 어느정도 화풀이를 했는지 택시가 속도를 내서 앞으로 달려나갔고 모든 차들이 달리기 시작했다. 생선을 파는 작은 포터트럭이 천막 끝에 매단 까만 비닐봉투를 바람에 날리며 사라지고 여유라고는 찾아볼 수 없는 조급함과 삭막함은 더운 날씨를 너욱 덥고 답답하게 했다.

성급하게 굴지 않고 사리 판단을 너그럽게 하는 마음의 상태를 여유라고
한다.

보통 자기의 의견이나 주장을 굽혀 남의 의견을 따르는 것을 경쟁에서 진
다고 생각하는데 양보하고 배려하며 살 여유를 갖기가 쉽지만은 않을 것
이다. 여유를 갖고 너그럽자고 하더라도 내게 없는 여유를 어디서 찾아
부릴 것인가. 언어도,생각도, 운전도 습관이 생기고 습관된 언행이 태도가
되고 인격이 된다. "라테의 법칙"을 매 순간 생활속에서 습관이 되도록 반
복하고 반복한다면 인간관계가 좀 더 여유로워지지 않을까.

따오기

감사합니다

TV 프로인 회장님네 사람들을 보게 되었다.

김수미님이 전원일기 종영하던 날을 얘기한다.

"22년을 격주 월요일마다 촬영했는데 돌아오는 월요일을 못견디겠더라구.. 그 월요일을 잊으려고 꽘에 갔어.. 녹화했던 월요일을 잊으려고 꽘에 갔어.." 돌아오는 월요일 더욱 커졌던 그리움이 이해가 되었다.

2,30년간의 목회 현장이라는 것은 격주로 월요일에 만나서 촬영하던 사이 정도가 아니다. 교회 구석구석 손 때 묻은 현장, 열정을 다했던 그 흔적들을 고스란히 뒤로 하고 잊혀지기를 원하는 자리로 걸어가는 것이 은퇴라는 시간이다. 왜 그립지 않겠나.. 왜 가고 싶지 않겠나.. 왜 보고싶지 않을까.. 온몸을 채우는 그리움이야.. 말로 다 할 수 있겠나..

이곳저곳에서 은퇴하는 친구들이 겪은 은퇴과정을 듣다 보면 한결같이 마음이 아프다. 함께 지내온 세월이, 서로 기도하며 고락의 고개를 넘었던 추억들이 가슴 시리게 지워진다. 자존심이 무너진 자리엔, 그간의 존재를 부정 당하는 것 같은 텅빈 마음자리엔, 허탈한 그리움이 자리한다.

우리도 은퇴를 했다.

처음엔 이런 저런 뒷말에, 별 것 아닌 작은 일에, 심드렁한 태도에 공연한 시운힘이 가랑가랑 치오를 때도 있었고..

수십년 형성돼 온 관계의 단절속에서 태도나 온도의 변화는 당연하다 생

김영주 시&에세이

각하면서도 허우룩해지는 것은 어쩔 수 없었다.

　그러나 더 할 나위 없이 은혜롭게 평안하게 은퇴한 우리는 언제나 아픔을 겪는 친구들 앞에서는 유구무언이다. 그때마다 스스로에게 다짐을 두는 것은 원로라는 이름을 잊지 말자. 감사하다 감사하다 감사하다.

　맘속으로 외치는 남편과 나의 방언이다.

따오기

　잰걸음으로 목표를 향한 노력과 시간을 보내지 않아도 좋을 나이고 보니 이젠 사부작시부작 걸어가며 중단하지 않는 삶의 중요함을 알게 되었습니다.

　사부작사부작 걷다보면 구태여 포장하지 않아도 되는 편안함이 생깁니다. 천천히 생각하고 느리게 행동하더라도 내 안에 있는 나는 여전히 나였습니다.

　남편의 계속적인 권유와 격려에 용기를 내었습니다. 전에 썼던 글도 함께 엮어 새로운 것도 없는 글을 감히 내놓은 것은 지금까지 이렇게 이런 생각을 하며 살았다는 고백적인 정리도 담겨 있기 때문입니다. 늘 잘한다고 응원과 사랑을 보내준 남편과 이제는 제 자리에서 묵묵히 사명을 감당하고 있는 자녀들에게 감사합니다. 그동안 함께 행복한 동행을 해주신 성도님들께 머리숙여 감사드립니다. 생각해 보니 제겐 무언의 박수부대가 아주 많았습니다. 일일이 이름 부르지 못 하지만 정말 감사합니다.

　무엇보다 가장 크고 깊은 감사를 하나님아버지께 올립니다.

따오기